Walter Müller

Die Häuser meines Vaters

Walter Müller

Die Häuser meines Vaters

Roman

ARGON

Gesetzt aus der New Baskerville
Satz: Leslie Driesener, Berlin
Druck und Bindung: Clausen & Bosse, Leck
Printed in Germany
ISBN 3-87024-592-1
www.argon-verlag.de

Man liebt die Toten um ihrer Fehler willen.
Darum gibt es keine toten Engel.

ELIAS CANETTI

für Magdalena, Martin
und Robert Krämer jun.
in memoriam Robert Krämer sen.,
wer auch immer er war

Baugrube

Baugrube: ausgehobene Vertiefung für die Gründung eines Bauwerkes. Der Mutterboden wird so abgetragen, daß kein Humus verloren geht.

Der Große Brockhaus, 1. Band, A-Bef, Wiesbaden 1977

Die Häuser meines Vaters.

Mein Vater hat viele Häuser gebaut, große, kleine, riesenhafte, Wolkenkratzer, Paläste, ganze Siedlungen. Muss ein tüchtiger Maurer gewesen sein, mein Vater. Maurer saufen, das ist eine Tatsache. Zeig mir einen Maurer, der nicht säuft. Einen Einzigen. Geht gar nicht; die Hitze, der Staub, die Kraftanstrengung.

»He, Vater«, brülle ich, am Fuße des Baugerüstes stehend, »du hast die Brotzeit vergessen!« Dann klettert Vater von den Holzplanken, fährt mir mit seiner braun gebrannten Hand durchs Haar, küsst mich auf die Stirn, nimmt den Jausensack mit den belegten Broten und den drei Bierflaschen und steigt wieder hoch.

Und am 1. Mai ziehen wir durch die Straßen, er mit der Arbeiterfahne in der Faust; er kann sie mit einer einzigen Hand hochstemmen, stundenlang. Vater redet nicht, kein Wort, aber er lächelt, während wir so durch die Stadt marschieren. Er brüllt auch keine Parolen mit; und wenn er singt, dann so leise, dass ich es nicht höre. Seine Lippen bewegen sich. Aber kein Ton ist zu hören. Auch so ein Kunststück, das mein Vater beherrscht.

Jetzt der Clou: Nach der Kundgebung vor dem Haus

der Partei nimmt er mich mit ins Gasthaus »Zu den drei Hasen«. Erst kürzlich, zwanzig Jahre nach Vaters Begräbnis, hab ich in der Wirtsstube dieses Metallschild entdeckt, auf dem alle verstorbenen Stammtischfreunde namentlich verewigt sind, auch mein Vater. Natürlich auch mein Vater.

Ich war schon in Dutzenden Häusern, die mein Vater gebaut hat. Aller Wahrscheinlichkeit nach. Beweisen lässt sich natürlich nichts. Ungerecht, dass immer nur die Namen der Bauherren, der Architekten oder der zuständigen Bürgermeister in Chroniken und auf Gedenktafeln aufscheinen. Meinen Vater hätten sie auch dazuschreiben können, da und dort wenigstens. Immerhin hat er die Drecksarbeit gemacht.

Inzwischen habe ich zwei Objekte ausfindig gemacht, die mein Vater gebaut hat, nachweislich. Noch dazu im Alleingang. Den Fußboden im Häuschen seiner Schwester, meiner Tante, der ich neulich zum allerersten Mal begegnet bin. Und diese kleine, inzwischen arg verwitterte Einfassung aus vier kerzengeraden Steinleisten, rautenförmig angelegt, für den Blumenschmuck auf dem Grab seiner Mutter, meiner Großmutter-väterlich. Handgemacht. Vom Sohn für die Mutter.

So war er: mein Vater.

Das verrückte Jahr.

1978 war ein verrücktes Jahr. Meine Frau ließ sich von mir scheiden, die Zeitung, bei der ich arbeitete, wurde eingestellt, ich erhielt meinen ersten Literaturpreis. Nichts Weltbewegendes, aber immerhin. Ach ja, mein Vater starb. Ich las davon in der Zeitung. Robert Krämer, Maurerpolier i.R., 55.
Ist er das?, fragte ich Mutter am Telefon.
Das ist er, sagte sie.

Eigentlich müsste es heißen: 1978 war ein verrücktes Jahr. Mein Vater starb, die Zeitung, bei der ich arbeitete, wurde eingestellt, meine Frau ließ sich von mir scheiden, ich erhielt meinen ersten Literaturpreis. Nichts Weltbewegendes, aber immerhin.
Das mit dem Preis war im Juni. Vater starb im Jänner.

Der Trick meines Vaters.

Ich hatte Vater nie kennen gelernt, obwohl er, wie ich später erfuhr, mein ganzes Leben lang, all die Jahre hindurch, in derselben Stadt gelebt hat. Jetzt war er also gestorben, und ich ging zu seinem Begräbnis, anonym. Tot mit 55. Ich war damals 28.
Ein kalter Tag im Jänner, ich trat als Letzter ans offene Grab, unbekannterweise. Nach der zweiten Familie meines toten Vaters, seiner Witwe, meinen Halbgeschwistern, wie ich mir ausrechnen konnte. Nach den ehemaligen Arbeitskollegen vom Bau. Vater war krankheitsbedingt in Frühpension gewesen, ein paar Jahre schon, hat ein Abschiedsredner behauptet. Nach der Stammtischrunde von den »Drei Hasen«, nach den Kameraden vom Sparverein (»Schlummere sanft, lieber Freund!«), nach der Hausgemeinschaft oder wer immer das war, nach all denen also ich. Krämer junior, Erstgeborener.
Ich warf, wie die anderen auch, eine Schaufel Erde auf den Sarg, bekreuzigte mich, wie es sich gehört, und nahm vom Beerdigungsassistenten, wie die anderen auch, ein Erinnerungsbillett in Empfang, das ich sofort in meiner Manteltasche verschwinden ließ. Dann zog ich mich wort- und grußlos zurück. Wetten, dachte ich beim Weggehen, dass ich keinem auf-

gefallen bin? Irgendeiner ist als Letzter ans offene Grab getreten. Irgendeiner. Fragt uns nicht, wer das war.

Bei der Autobushaltestelle schlug ich das Billett mit dem Sterbebildchen auf – und erblickte das Gesicht eines Mannes, den ich vom Sehen kannte. Gütiger Gott! Das Gesicht war mir vertraut – von gemeinsamen Fahrten mit dem Bus. Den kenne ich doch. Es reißt mir den Boden weg. Aber das ist nur der Alkohol. Der mit der Alkoholfahne am offenen Grab – wer war das? Das war ich, der Sohn. Und der im Sarg, das war der Mann aus dem Bus. Der Vater. Wir hatten uns bestimmt ein paar Dutzend Mal gesehen, unbekannterweise, im Laufe der Jahre. Wenn ich auf dem Weg in die Schule war und er, denke ich mir, auf dem Weg zur Arbeit. Ich: vom Cello-Unterricht heim, er ins Wirtshaus, zu den Stammtischfreunden. Das also wäre mein Vater gewesen. Der Mann aus dem Bus. Einmal im Staubmantel, ein andermal im Wintermantel, groß karierte Hemden, hellbraunes Haar, ein bisschen gewellt wie das meine. Nie mit jemandem plaudernd, einfach durch das Busfenster ins Freie starrend. Mein Vater, unbekannterweise. Die perfekte Tarnung.

Dass sich Menschen wegzaubern können, entmaterialisieren, soll es, so berichten die Mythen und Heiligengeschichten, gegeben haben. Dass Menschen abhauen und nie wieder gesehen werden, gibt es tagaus, tagein. Mein Großvater konnte das. Dass einer

verschwindet und gleichzeitig da ist, das hat nur mein Vater geschafft.
Das Vaterbildchen in der Hand, wartete ich auf den Bus, aber es kam keiner. Ewigkeiten lang kein Bus. Keine Menschen unterwegs. Alle verschwunden, weggeblendet. Es gibt keine Menschen mehr. Und der Vater liegt im Grab, drüben am Friedhof, neben den »Drei Hasen«.
Haltestelle »Obuskehre«, unser streng geheimer Treffpunkt all die Jahre hindurch. »Blumen-Kainz« und »Zuckerl-Kern«. Auf der anderen Straßenseite die »Zeugstätte«. Die üblichen Schülerwitze: Hier werden die Kinder gezeugt. War aber bloß die Feuerwehrzentrale samt Garagen und dem ganzen Zeug.
»Obuskehre«. Umsteigestelle. Aus dem »M«- in den »S«-Wagen. Aus der Stadt hinaus in die Vorstadt. Zur Mutter. »S« wie Sohn. Krämer und Sohn. Von der »Obuskehre« aus bist du in einer Minute bei den »Drei Hasen«, in zwei Minuten beim Friedhof, in fünf an Vaters Grab.
Jetzt standen sie wohl noch am Grab, um das Grab herum: Vaters Leute. Trauer-Smalltalk. Ich hätte hingehen und mich vorstellen können. Ich bin es, Krämer, der Sohn. Ich ging aber nicht hin. Ich wartete auf den gottverdammten Bus, das Sterbebild im Mantelsack kaputtknetend.
Vielleicht war er ganz einfach mein Schutzengel und durfte sich nicht zu erkennen geben. Vielleicht hat

er so viel Kraft dafür aufgewendet, unerkannterweise in meiner Nähe zu sein, dass er darüber selbst immer kraftloser wurde und zu früh sterben musste. Wenn es aber umgekehrt gewesen sein sollte, dass also ich sein Schutzengel war, dann hätte mir das, verflucht noch mal, irgendwer sagen müssen! Wer macht die Menschen miteinander bekannt? Gott? Der Teufel? Die Hebamme? Niemand?

Schade, dass es keine Videos oder Schmalfilmstreifen (mit versteckter Kamera) gibt: »Vater und Sohn im Bus, einander nicht erkennend«. Ein Mann und ein Bub, ein Mann und ein Jüngling, zwei Männer, der eine so alt, dass er der Vater des anderen sein könnte. Die Blicke der beiden kreuzen sich auf holprigen Fahrten zu verschiedenen Morgen- und Abendzeiten, Frühling oder Advent im Jahre Schnee und die Jahre davor und danach. Ein Schüler und ein Maurer. Student und Frührentner. Blickkontakte. Vater und Sohn, zwei Fremde.

Wir wären ein geheimnisvolles Duo geworden, Krämer & Krämer, das hätte irrwitzige Clownsnummern ergeben. Wir wären mit unseren Nummern auf Bustournee gegangen und hätten inmitten der Passanten gespielt, rund um die Uhr. Die Busgäste aber hätten nicht einmal etwas bemerkt. Am Schluss, nachdem sich unsere Blicke mal wieder wie zufällig berührt haben würden, hätten wir uns miteinander bekannt gemacht, maßlos staunend, dass wir den gleichen Namen tragen. Mein Vater, der Typ vom

Sterbebildchen, den ich von gemeinsamen Busfahrten her kannte, ohne ihn zu kennen.
Endlich kam der Bus und brachte mich zur Arbeit. Die Redaktionskonferenz war längst vorbei, aber das war mir egal. »Beim Arzt«, sagte ich, als mich wer fragte. Dann hockte ich mich an meine Schreibmaschine und versuchte mich unter größter Anstrengung an Einzelheiten jener Theaterpremiere zu erinnern, die ich am Abend zuvor in unauffälliger Betrunkenheit an mir hatte vorbeigleiten lassen.
Natürlich hatte ich getrunken. Viel zu viel getrunken. Die Premiere, das Begräbnis. Ich kam niemals nüchtern zu solchen Ereignissen. Nicht ins Theater, nicht auf den Friedhof, nicht damals. Ohne Atem zu holen, tippte ich meinen Bericht in die Maschine. Ich war kein schlechter Schreiber.
Man hatte den »Liliom« gegeben. Den »Liliom« kenne ich auswendig. Über den »Liliom« von Franz Molnár schreibe ich Kritiken, ohne in der Aufführung gewesen zu sein, schreibe ich Hymnen, auch wenn die Vorstellung eine Katastrophe war. Schwer betrunken, kann ich immer noch was Vernünftiges schreiben über den »Liliom«.
Ich tippte, als ginge es um mein Leben. Dabei kam ich vom Begräbnis meines Vaters, den ich nicht gekannt hatte. Oder schon gekannt, aber nur vom Sehen. Und nicht gewusst, wer der Mann gewesen ist. Dieser unauffällige Fahrgast – das war mein Vater. Aber das ging niemanden was an.

Eine halbe Stunde später war der Bericht fertig. Die Chefin lobte Brillanz und Lebendigkeit meiner Schreiberei, strich mir einen Haufen Rufzeichen weg, machte mich mit der Planung der nächsten Abendtermine bekannt und meinte, so nebenbei, ich solle nicht so viel trinken.

Stell dir vor, Vater, niemand hat was gemerkt, von meiner Anwesenheit bei deinem Begräbnis nicht und nicht von meinem Rausch im Theater, außer der Chefin, aber die sagt nichts weiter. Sonst niemand. So unauffällig komme ich durchs Leben.

VATER-TALK.

Talkshows rund um die Uhr. Zwanzig-Minuten-Schicksale. Tragödien, Komödien, fein portioniert. Wiederholungen im Nachtprogramm. Immer wieder diese Geschichten. Es kommen Söhne, die schluchzen, und Väter, die unbeeindruckt bleiben. Und umgekehrt.

Hier ist dein Vater.
Das ist dein Sohn.
Werdet ihr euch wieder sehen?
Schon möglich.

Jetzt führen sie einen vor, der bringt den Blick nicht hoch. Steht einfach so da und starrt zu Boden. Mittleres Alter. Brillenträger.
Was wissen Sie, ruft die Talkmasterin, über Ihren Vater?
Er weiß nichts über seinen Vater, nichts.
Steht im Scheinwerferlicht und schweigt, als hätte er die Frage nicht verstanden. Vater? Vater!
Aber da ist ohnehin die Sendezeit abgelaufen, und alle vertrollen sich in die Studiokantine. Alle bis auf den Mann, der immer noch auf der Bühne steht, im Dunkeln, festgefroren.

Fünf Buchstaben.

Vater. Auf einmal »Vater«. »Retav« von hinten nach vorne. Fünf Buchstaben. »Mutter« hat sechs.
vvtttt! Windstoß, heiße Luft. Sonst nichts.Vater hat man begraben, irgendeinen. Meinen Vater nämlich. Der Tod gehört zum Leben. Alle Menschen sterben, auch Väter. Was du ererbt von deinen Vätern. Und so weiter.

Vater. Komisches Wort. Fremdwort. Irrwitzig.
Brennt in der Kehle. Muss man es flüstern?
Reimt sich auf Kater, Krater, Pater, Prater. Theater.
Stabat Mater. Desolater, disparater, rabiater Vater.
Ochsenbrater. Psychiater.

Blödes Wort im Ohr.
Material. Geht nicht mehr weg.

Und sonst? Was fällt dir sonst ein?
Nichts als läppische Spielereien?
Kinderliederreime.
Denk nach. Aber der Kopf bleibt leer.
Irgendwas? Um Himmels willen.
Irgendwas.

Mein triumphaler Auftritt.

Der erste Meilenstein in meinem Leben: Ich bin zu meiner eigenen Taufe zu Fuß gegangen. Das kommt nicht alle Tage vor. Ich kenne niemanden, der zur eigenen Taufe zu Fuß gegangen wäre. Natürlich gibt es Menschen, die sich erst im Erwachsenenalter taufen lassen, und solche, die hochbetagt vom einen Glauben zum anderen übertreten und zu Fuß zum Pfarrer kommen bzw. mit dem Auto oder dem Taxi. Aber das meine ich nicht.

Für gewöhnlich, als Neugeborener, wird man zur Taufkirche getragen. Mich hat mein Taufpate an der Hand geführt. Und ich bin neben ihm hergetrippelt. Am Tag meiner Taufe war ich ein Jahr, elf Monate und zwölf Tage alt. Da wäre man doch ein Idiot, wenn man sich tragen ließe.

Ich habe nicht die leiseste Ahnung, wie ich gekleidet war bei meiner Tauffeier. Es gibt kein einziges Foto. So viel ist sicher: Ich trug kein Babyhemd und steckte in keinem blütenweißen Steckkissen wie alle anderen Täuflinge. Der Jahreszeit (März) und den Fotovergleichen nach werde ich wohl einen Übergangsmantel, vermutlich in Dunkelblau, getragen haben, darunter womöglich die erste matrosenanzugartige Uniform. Eine Zeit lang tauchte ich bei allen offiziellen Anlässen im Matrosenanzug auf.

Matrosenmütze auf dem Kopf. Egal – was zählt, ist die Art der Anreise: zu Fuß.
Warum ich so spät getauft worden bin? Nun, das war so ein Trick von mir. Ich habe irgendwann, ziemlich früh jedenfalls, en passant verlauten lassen: »He, Leute, wartet noch eine Weile mit der Taufe – ich würde ganz gern zu Fuß kommen!« Hab ich natürlich nicht gesagt, ich konnte ja noch gar nicht sprechen. Aber irgendwie müssen es meine Angehörigen wohl so verstanden haben. Wir zögern die Taufe hinaus, bis der Junge laufen kann. Sein Wunsch sei uns Befehl. So warteten wir das Fünfzigerjahr ab, das Einundfünfzigerjahr, und im Zweiundfünfzigerjahr warteten wir, bis der Frühling ausgebrochen war.
Das ist jedenfalls meine Lieblingsversion von dieser seltsamen Taufgeschichte. Die liebe ich, die erzähle ich jedem, der mich nach meinem Namen fragt.
Es gibt aber auch ein böses Gerücht, das besagt, ich sei deshalb so spät getauft worden, weil kein Schwein mein Pate sein wollte, weil sich alle denkbaren Kandidaten weigerten, indem sie ein Kreuzzeichen machten und sagten: Ein Kind von diesem Vater? – Sonst noch was? Mit so einem wollen wir nichts zu tun haben. Wie der Vater, so der Sohn – der Apfel fällt nicht weit vom Stamm – wie der Herr, so s' G'scherr! Oder die sanftere Variante: Nicht böse sein – aber ohne uns!
Fast zwei Jahre zogen also ins Land, und ich war immer noch ein Heidenkind, das einzige weit und

breit, in meinem Alter. Wer ungetauft stirbt, landet im Fegefeuer. Auch die Kinder. Meine Großmutter hatte ein Söhnchen, einen Nachzügler, im vorletzten Kriegsjahr geboren. Der hieß Wernerle und starb mit 13 Monaten. Wernerle kommt nicht in den Himmel, sagte der Pfarrer, Wernerle muss sich die ewige Seligkeit erst verdienen. Im Fegefeuer, halb tot, halb lebendig, Feuer bleibt Feuer.
Wernerle hat niemandem etwas getan, sagt Großmutter. Aber der Pfarrer bleibt hartherzig. Wernerle kommt ins Fegefeuer. Kein Engelamt wie bei den getauften Kindern, kein Priester am Kindergrab. Wernerle ist grad erst ein Jahr alt, und schuld an seinem Tod ist der Krieg. Kein Erbarmen, kein Trost. Großmutter tritt aus der Kirche aus. Und nie wieder ein. Ich, der Bub Martin, soll nicht im Fegefeuer landen, ich, der Bub Martin, muss getauft werden, unbedingt. Aber keiner erbarmt sich. Wegen Vater. Billige Ausrede. Wahrscheinlich kann mich keiner über dem Taufbecken halten. Ich bin ein schwerer Junge. Schwächlinge allesamt. Die Männer in meiner Familie waren eine ziemliche Enttäuschung.

Ich werde also nicht getauft, wegen Vater. Dabei kannte ich meinen Vater gar nicht. In der Zeit um meine Geburt herum hat er sich bereits auf geheimnisvolle Weise unsichtbar gemacht, obwohl er doch für den Rest seines nicht allzu langen Lebens irgendwie in meiner Nähe blieb. Schließlich wurde ich doch noch getauft. Ein Herr Hans, Bundesbahnbeamter i.R., hat sich meiner erbarmt. Damit das Kind einen Namen hat, wie man in unserer Gegend sagt. Sonst hieße ich heute noch N.K., Namenlos Krämer. So viel zur Geschichte, wie mein Vater – unbekannterweise – alle meine Taufpaten durch nichts als die Tatsache, dass er mein Vater war, in die Flucht schlug und mir zu meinem allerersten triumphalen Auftritt verhalf.

Die Taufe im Wortlaut – das hätte mich interessiert. Das Tagesprotokoll gewissermaßen. Meine Mutter, die Buchhalterin, hat zeitlebens alles Mögliche festgehalten, bis hin zu den Wortneuschöpfungen ihres Wellensittichs, aber nicht jenen Taufdialog. Als hätte er nicht stattgefunden. Es wäre durchaus möglich, dass ich mich persönlich eingebracht habe in das vermutlich gänzlich schmucklose Ritual. »Widersagst du dem Teufel?« – »Ich widersage!« – Vielleicht auch nur ein simples »Ja!« oder »Was will der Mann von mir?«.

Ich wäre nicht das erste Wunderkind, das während der eigenen Taufe die Stimme erhoben hätte. Ihr kennt gewiss die Geschichte vom Söhnchen des galizischen Königs Dagobertus, 7. Jahrhundert n. Chr., das – als der heilige Amandus es taufte – klar und ernsthaft »Amen« sagte. In einem Alter, in dem man noch nicht einmal »Mama« sagen kann, für gewöhnlich.

Anderes Beispiel. Man stelle sich vor – und diese Episode ist verbürgt: Ein Säugling, in Windeln gewickelt, liegt auf dem Schoß seiner Mutter, viel zu klein zum Reden; redet aber – und wie! Die Geschichte spielt im Jahr 287 n. Chr. auf einem Landgut in Rom. Der Präfekt Lucretius gibt seinen Freunden ein Festmahl und verhöhnt dabei die beiden Märtyrer Simplicianus und Faustinus, zwei fromme Brüder, die er, da sie sich weigerten, den Götzen zu opfern, kürzlich enthaupten ließ.

Während Lucretius, der grobe Mann, isst, trinkt und spottet, erhebt der Säugling auf dem Schoß seiner Mutter plötzlich die Stimme: »Höre, Lucretius, du hast gemordet und geplündert und bist nun in des Feindes Gewalt gegeben!« Das hat dem Präfekten auf der Stelle die Sinne geraubt; in den alten Schriften ist von Teufeln die Rede, die sich seiner bemächtigt und ihn aufs Ärgste gepeinigt hätten. Tatsache ist, dass jener Lucretius noch während des Gastmahles seinen Geist aufgibt und tot umfällt. Solche Wirkung können also die Worte eines Knäbleins erzielen.

Als die anderen das sahen, heißt es, wurden sie gläubig und so weiter und so fort. Ich habe vielleicht – wäre ja möglich – gesagt: »Wo ist mein Vater? Hat er sich bloß verspätet, oder habt ihr vergessen, ihn einzuladen?«

Und als die anderen dies hörten, gingen sie in sich, wurden gläubig und liefen durch alle Gassen der Stadt, den verlorenen Vater zu suchen.

VATERSPRACHE.

Das Wort »Vater« kannte ich aus dem »Vaterunser«. Und aus dem Lied »Vor meinem Vaterhaus steht eine Linde«. Es sang ein Herr Groh. Später, als ich mir solche Sendungen nur mehr unter Protest anhörte, ein Herr Schock. Mit diesem Lied verbinden wir die besten Glückwünsche zum Geburtstag, sagte die Radiosprecherin. Und dann wurde einer Mutter oder einer Großmutter gratuliert. Nie einem Vater. Oder wenn einem Vater, dann »unserem lieben Vater, Großvater und Urgroßvater«. Vater allein kam nie vor. Mutter allein schon. Väter haben nicht so viel übrig für diese Art von Romantik. Höchstens uralte Väter.

»Oh, mein Papa«. Es singt Lys Assia.

Hoffentlich wird er nicht wie sein Vater!

Das war der dritte Vatersatz meiner Kinderzeit.

Vaterland kam viel später.

Vaterlandverteidiger.

Schwiegervater.

Vatertag gab es damals noch nicht.

Vatertag gab es nie.

Vater fehlte nicht.

Ich kann mich nicht erinnern, dass Vater fehlte. Großmutter fehlte, wenn sie auf Erholungsurlaub war oder mit den Kameraden vom Kriegsopferverband einen Tagesausflug machte. Mutter fehlte, wenn sie abends eine Stunde länger im Büro arbeitete. Schwester fehlte. Vater fehlte nicht. So wie einem Lungenentzündung nicht fehlt. Oder ein Nagelbrett.

Das erste Mal fehlte Vater, als alles schon zu spät war. Wie wird man ein Mann? Wie wird »aus dem Knaben ein Mann«? Ich las das Buch, das im Nikolosack zwischen den Blutorangen und den Lebkuchenteufeln versteckt war. Ich las es, aber ich verstand nichts. Wörter, die am Ende des Satzes verschwunden sind, Satzgebäude, die in sich zusammenfallen. Und die Weiber, meine geliebten drei Weiber, zuckten nur mit den Schultern. Das wäre Vaters Aufgabe gewesen.

Ich bin fest entschlossen, die Schule hinzuschmeißen, obwohl ich immer noch zu den drei Besten gehöre. Vorzugsschüler. Beliebt und gelobt. Zu Hoffnungen Anlass gebend. Mutter oder Großmutter kommen jedes Mal mit glänzenden Augen von den Elternabenden zurück. Martin, braver Bub!

Ich will Automechaniker werden, auf der Stelle. Oder Dachdecker, oder ... dabei kann ich nicht einmal diese verdammten kleinen Bastelhäuschen zusammenbauen, die mir ein Großonkel zu Weihnachten schenkt. Ich leere den Inhalt der Schachtel auf den Wohnzimmertisch. Wände, Fensterchen, Schornstein, Türen. Dann sitze ich vor den Einzelteilen, orientierungslos, bis mir der Kopf wehtut.

Krämer & Krämer, eins.

Trommelwirbel, Lichtwechsel. Kennmelodie. Krämer & Krämer stolpern in das Fernsehstudio. Die Moderatorin brüllt: »Hier ist dein Vater!« Vater und ich fallen uns in die Arme.
Wir blicken uns an, als hätten wir uns noch nie gesehen. Das ist leicht, wir haben uns ja noch nie gesehen. Jedenfalls offiziell nicht. Wir grinsen oder weinen, je nachdem. Dann folgt tosender Applaus.
Irgendwer schreit: »Action!«

Bist du nie von der Leiter gefallen, Vater?
Nie, Sohn. Warum sollte ich von der Leiter gefallen sein?
Entschuldige bitte, sag jetzt nicht, du hättest nicht getrunken.
Getrunken? Was meinst du?
Verkauf mich nicht für blöd, Vater. Du hast doch getrunken.
Getrunken. Ab und zu.
Ab und zu? Da hab ich aber ganz andere …
… steht das im Scheidungsprotokoll?
Du hast getrunken, Vater. Ich weiß es.
Okay, Sohn, nenne mir einen Maurer, der nicht trinkt. Einen Einzigen.

Ich kenne keine Maurer.
Dann halt das Maul.
Ist auch egal, Vater.
Eben.

Ich hab dich gefragt, ob du nie von der Leiter gefallen bist.
Nie, Sohn, nie! Ich hab getrunken. Aber ich bin nie von der Leiter gefallen.
Mehr wollte ich nicht wissen, Vater.
Na ja, vielleicht hab ich sogar eine ganze Menge getrunken.
Ist schon okay, Vater.
Vermutlich mehr, als mir gut getan hat.
Du bist mir keine Rechenschaft schuldig.
Aber ich hab deine Mutter nie geschlagen.
Hab ich auch nicht behauptet, Vater.
Weißt du, was mein Vater gemacht hat, Sohn?
Weiß ich nicht, Vater.
Hat mich verprügelt, jede Nacht.
Warum denn, Vater?
Besoffen nach Hause gekommen ist er, und dann hat er geprügelt.
Tut mir Leid, Vater, ehrlich.
Mit dem Stiefel getreten hat er, Nacht für Nacht.
Kann ich was tun für dich, Vater?
Die Mutter hat geschrien: »Lass die Kinder in Ruhe!«
Aber er hat euch nicht in Ruhe gelassen?

Nein, Sohn. Und dann hat er die Mutter geprügelt.
Glaub's oder glaub's nicht.
Ich glaube es, Vater. Wenn du es sagst.

Verbeugung, Abgang, tosender Applaus, Lichtwechsel.

Ohne Vorfälle, nichts Besonderes.

Als Vater in dem Alter war, in dem ich jetzt bin, war mit ihm nicht mehr viel anzufangen. Frühpensionist. Alle Häuser gebaut.

Vater hätte von Haus zu Haus gehen können, durch seine Stadt, die auch meine Stadt war, mit der Hand den Mauerverputz prüfend. Das ist mein Werk, und es ist gut geworden. Vater ging aber nicht von Haus zu Haus. Er ging ins Wirtshaus. Zu den »Drei Hasen«. Später dann ließ er sich ins Wirtshaus bringen, von den Kindern, von ehemaligen Kollegen. In immer größer werdenden Zeitabständen. Vater hatte nur noch ein Bein. Da kann man keine großen Sprünge mehr machen.

Zuletzt hat er den ganzen Tag im Bett gelegen. Oder auf der Couch, Fernsehprogramme beobachtend. An seine Lieblingssendung kann sich keiner mehr erinnern. Die Lieblingssendung meiner Mutter war »Reich und schön«.

Vater, sagt man, hat nie viel geredet. Vater war ein Romantiker. Das weiß ich von meiner Mutter. Jedenfalls damals, als sie mich zeugten. Romantiker bringen die Füße nicht auf den Boden. Hat Großmutter gesagt. Romantiker tänzeln, wenn sie gehen. Das ist ihr Verhängnis.

Am Schluss hat er den Mund fast gar nicht mehr aufgemacht. Die Lippen zum Lächeln verzogen, bestenfalls. Die paar Jahre Ruhestand, die zugleich ein paar Jahre Krankenstand waren, hat mein Vater hauptsächlich liegend verbracht.

Das Leben meines Vaters, sagen seine Kinder über ihren Vater, ist langsam zu Ende gegangen. Langsam und ohne Vorfälle. Nichts Besonderes. Nichts, wovon man erzählen könnte. Immer seltener werdende Wirtshausbesuche. Die Geburt des Enkelsohnes hat er noch miterlebt. Sie haben ihn Robert genannt, nach meinem Vater. Riesenfreude. Es gibt ein Foto, da hält er das Kind, frisch geboren, im Arm und lächelt. Ansonsten: Kaum noch Bewegungen. Noch leiser sei er geworden. Dann die Gefäßchirurgie. Dann wieder nach Hause. Wieder ins Krankenhaus. Stunden später die Todesnachricht. Dann das Begräbnis.

Worüber man schreiben müsste.

Darüber müsstest du schreiben, sagte jeder, dem ich vom Begräbnis meines Vaters erzählte. Schreib diese Geschichte: Du am Grab deines Vaters, den du nie zuvor gesehen hast. Er wurde 55, du bist 28. Und dann, beim Betrachten des Sterbebildchens, nachdem du eine Schaufel Erde auf seinen Sarg geschüttet hast, merkst du plötzlich, dass dir das Gesicht vertraut ist, dass da unten einer liegt, den du gekannt hast, vom Sehen, dass er in deinem Leben vorgekommen ist, dass ihr euch begegnet seid, dann und wann, ohne dass du wusstest, dass er dein Vater war, ohne dass er wusste, dass du der Sohn bist.

Ich habe über alles Mögliche geschrieben: Frauen, Bügeleisen, Weihnachtsengel, Ritter und Mörder. Aber nie über meinen Vater. Jedenfalls nicht über seine Beerdigung.

Vaterspinnereien.

Solange niemand nach Vater fragte, war die Welt in Ordnung. Also fragte ich nicht nach ihm.

Wenn jemand anderer Fragen stellte, bekam ich heiße Wangen und erzählte Geschichten. Das war anstrengender, als es klingt. Ich verliebte mich des Öfteren in diesen Vater. Dann wollte ich so werden wie er. Aber Gott sei Dank fiel mir jedes Mal rechtzeitig ein, dass ich nicht so werden solle wie er. Hoffentlich wird der Bub nicht wie sein Vater.

Dann brachte ich Vater zum Verschwinden, indem ich die Augen aufriss oder eine Viertelstunde lang den Fußball gegen die Hauswand kickte. Immer an dieselbe Stelle. Als müsste man Höhlen in die Mauer treiben, für spätere Baumaßnahmen oder eine todsichere Flucht.

Ich hätte den Ball auch den ganzen Nachmittag lang gegen die Wand geknallt, aber nach einer Viertelstunde tauchte immer Herr Pollhammer am Fenster auf.

Herr Pollhammer war ein widerwärtiger Lehrer und wohnte in unserem Häuserblock, drei Stockwerke schräg über meinem Einschussloch. Niemand sonst regte sich auf, nur Herr Pollhammer.

Herr Pollhammer brüllte jedes Mal denselben Satz:

… dass er die Gendarmerie holen werde. Und einmal hat er tatsächlich die Gendarmerie geholt. Deshalb rannte ich vorsichtshalber davon, wenn er von der Gendarmerie zu kreischen begann. Ich rannte durch unsere Siedlung, den Fußball unterm Arm, aus der Siedlung hinaus, bis zu den ersten Bauernhöfen des Nachbardorfes. Beim Rennen verdampften die Wut und die Angst. Und auch die »Vaterspinnereien« waren weg.
Vielleicht wäre Vater nichts als ein zweiter Herr Pollhammer geworden. Auf so was konnte ich verzichten. Vater fehlte nie. Nie!

Steinige Wege.

Mein Großvater väterlicherseits war Pflasterer. Wegemacher. Straßenarbeiter.

Guter Job, Spitzenverdienst damals, ein paar Jahre, bevor Hitler kam. Die Welt wurde mobil, man brauchte Straßen, die in die Zukunft führten. Großvater baute solche Straßen, pflasterte Wege, trank und trank dabei, ging nach Hause und prügelte seine Kinder, meinen Vater und dessen Geschwister, aus den Betten. Manchmal trat er mit den Arbeitsstiefeln nach ihnen, je nachdem, wie der Tag gelaufen war.

Die Kinder, mein Vater, mein Onkel, meine Tante, gingen jeden Abend zitternd zu Bett und beteten, jeder für sich, inbrünstig, dass der Vater, mein Großvater, nicht heimkommen möge, heute nicht, oh-Herr-Jesulein, oder wenn, dann wenigstens geläutert, hörst du, gütige Gottesmutter? Lächelnd und nüchtern. Ein Wunsch, der sich nie erfüllte. Trotz einer Million stiller Kindergebete samt echten Tränen und Gelübden und drei Dutzend Mal »an die Herzbrust klopfen«.

Einmal hatte meine Großmutter väterlicherseits, die am Bau arbeiten musste, weil ihr Mann, mein Großvater, das Geld versoff, eine Fehlgeburt. Blutsturz auf

der Baustelle, während sie bei den Ziegeln hockte und den Mörtel rührte.
Man schickt sie nach Hause. Leg dich ins Bett, komm morgen wieder, kranke Weiber halten nur die Partie auf. Doch sie legt sich nicht ins Bett. Statt sich ins Bett zu legen, den Blutfluss zu stillen und den Verlust des vierten Kindes zu betrauern, kniet sich Großmutter auf den Wohnzimmerboden und schrubbt die Holzbretter, dass er, der Mann, keinen neuen Grund für Wutausbrüche und Prügel und Tritte findet.
Sosehr Großmutter auch putzt und reibt und scheuert – sie verliert immer noch und immer wieder ihr Blut. Nachsterben statt Nachgeburt. Und als Großvater, der Pflasterer, nach Hause kommt, besoffen wie immer, ist der Holzboden in der Wohnung blutgetränkt.
Wahrscheinlich hält er das Blut für verschütteten Rotwein, das macht ihn so wütend. Vermutlich würde mein Großvater meine Großmutter jetzt totschlagen, wenn nicht in letzter Sekunde mein Urgroßvater auftauchte und sie, die vom Blutverlust und von der Angst Halbtote, ins Krankenhaus bringt.
Großvater lässt Großmutter noch immer nicht in Ruhe. Torkelt dem Krankentransport hinterdrein, fällt ins Spital ein. Die Frau gehört ihm. Aber sie dreht den Kopf zur Wand, als er ins Zimmer stürmt. Jetzt stiehlt er vom Nachttisch die halb volle Flasche Schnaps. Damit will man die Großmutter ins Leben

zurückholen. Alkohol gegen das Verbluten. Das war damals so. Großvater säuft ihr den Schnaps weg; dann geht er zurück zu den Steinen.
Großmutter ist wieder auf die Beine gekommen, Großmutter war eine starke Frau. Alle Frauen in meiner Familie waren starke Frauen. Großmutter ist fast achtzig Jahre alt geworden. Hat sogar ihren Sohn, meinen Vater, überlebt, ein paar Monate. Die Steinfassung für den Blumenschmuck am Grab hat er ihr noch angefertigt, vorsorglich.
Eines Morgens verlässt Großvater, der Kinder- und Frauenverprügler, das Haus und begibt sich an seine Arbeitsstätte an irgendeiner Straße. Er klopft ein paar Steine zurecht, säuft sich einen an. Dann legt er Hammer und Stein aus der Hand und macht sich aus dem Staub. Für immer. Seit jenem Tag im Jahre 1929 gibt es keine Spur von Großvater. Verschwunden, einfach weg. Weggezaubert. Wie man in Magierkästen steigt und nach einer kleinen Handbewegung von der Bildfläche verschwunden ist. Allez hopp – und weg ist er!
Ein paar Wochen lang gehen die Kinder betend zu Bett und wachen zitternd auf. Aber der Vater kommt nicht zurück. Nach einem Jahr reicht die Mutter, meine Großmutter, die Scheidung ein. Die Behörden lassen sie auf einen Bescheid warten, jahrelang. Angeblich sucht man noch nach Großvater. Inzwischen fahren Hitlers Freunde auf Großvaters Pflasterstraßen.

Zehn Jahre nach seinem Verschwinden wird Großmutter freigegeben, amtlich. Die Scheidung vom verschwundenen Gewalttäter, endgültig. Jetzt kann sie einen zweiten, diesmal einen herzensguten Mann heiraten und kriegt mit ihm in reifem Alter noch einen Sohn, der auch schon tot ist, gestorben mit 47 Jahren. Noch so ein Onkel, den ich nie kennen gelernt habe. Sterbebildchen-Onkel, breites, sanftes Gesicht, längere, Richtung Kinn ausufernde Koteletten, Knollennase, Versuch eines Lächelns.

Neulich zeigte mir die Schwester meines Vaters, meine leibliche Tante, die ich vor kurzem, ein paar Wochen nach ihrem achtzigsten Geburtstag, das erste Mal getroffen habe, ein Straßenstück, an dem der Großvater mitgearbeitet haben soll. Der Belag ist erneuert. Lange schon. Asphalt statt Pflaster. Aber hier, genau hier muss er gekniet und Steine in den Sand geklopft haben.
Ich nehme in aller Ruhe Großvater den Stein aus der Hand … hallo, Großvater, schön, dich kennen zu lernen … und zertrümmere ihm mit meiner ganzen Kraft den verdammten Schädel.

... UM EINEN GROSCHEN.

Vater, das Kind, aschfahl im Gesicht, keine Schuhe an den Füßen, atmet tief durch. Ein paar Herzschläge lang bleibt er stehen, lehnt sich an die zerschrammte Wand des Gemeindebaues. »Scherzhauserfeldsiedlung« heißt das hier; das Jahr 1929 oder 1930 schreiben wir. Mein kleiner Vater würde jetzt gerne Fußball spielen, mit einem Haselnussstock einen kindergroßen Reifen durch die Gasse treiben. In der Wiese möchte er liegen, Grashalme kauen, sobald es zu regnen aufgehört hat.

Ein Regenrinnsal umleiten, mit den bloßen Händen. Einen Kreisel tanzen lassen, in die Mundharmonika blasen, bis erkennbare Melodien entstehen. »Adieu, mein kleiner Gardeoffizier, adieu, adieu!« Mit einem Hammer auf die Milchkannen schlagen, bis die Hausmeisterin, die fette Frau Thielen, »Ruhe!« aus dem Fenster brüllt. Oder »Polizei!« Oder: »G'sind'l!« Einem Käfer sämtliche Beine ausreißen, einen Stofflieblingsbären in Brand stecken, mit den Nachbarsbuben raufen, auf Leben und Tod, mit echtem Blut.

Alles. Nur das nicht. Nicht zu den Erwachsenen laufen und die Hand hinhalten. »Bitte um einen Groschen!« Alles, bloß nicht sagen müssen, dass man fast ohnmächtig ist vor Hunger, dass Vater abgehauen ist, dass Mutter am Bau arbeitet und nebenher anderen Leuten die Drecksarbeit macht. Und dass es trotzdem hinten und vorne nicht reicht. Der Zins. Die Schulden, die der Vater hinterlassen hat.

Nur nicht sagen müssen, dass sich der Vater aus dem Staub gemacht hat ... und dabei die Hand aufhalten müssen ... dass er plötzlich nicht mehr da war, über Nacht, der Vater, der das ganze Geld versoffen hat – und er hat gut verdient. Dass er die Mutter und die Kinder geprügelt hat – »bitte um einen Groschen! Ein armes Kind bittet um einen Groschen!« Oder ein Brot. Eine Milch. Ein Stück Wurst wäre schon das Paradies.

Alles – nur nicht betteln gehen müssen! Mein Vater, sein jüngerer Bruder, die ältere Schwester. Gerade im Begriff, das Alphabet zu erlernen, Schreiben und Rechnen. Von einem gütigen Gott etwas zu erfahren, von Leuchtkäfern, Sonne, Mond und der Heimat. Von den Zehn Geboten und vom menschlichen Körper. Aber der Kopf, das Hirnkastl, ist voll geschrieben mit diesen peinigenden Sätzen: »Bitte um einen Groschen! Es gibt keinen Vater mehr! Ich hab solchen Hunger!«

Mein kleiner Vater bettelt ums Überleben, Scherzhauserfeldsiedlung, 1929 oder 1930 und die Kinderjahre danach. Das ist seine Grundausbildung: Betteln. Das ist das Hauptfach seiner Jugend: Hand aufhalten, die Scham aushalten, ohne im Boden zu versinken. Aushalten, sich abhärten, bis der Arm von alleine ausfährt, bis die Hand sich automatisch öffnet, als wäre man gar kein lebendiges Kind, sondern ein Bettel-Automat. »Bitte um einen Groschen … um einen Groschen… um einen Groschen … um einen Groschen …«

Aufregung im Hühnerstall.

Urgroßvater väterlicherseits. Der Mann mit der Hühnergeschichte. War Hausmeister, hauptberuflich; verantwortlich für alles: Schmutz, Lärm, Mord und Totschlag und so. Dass alles in geordneten Bahnen verläuft. Eine Sandkiste ist kein Katzenklo! Und so weiter. Hat alles verhindert, alles geregelt, hat das Kind geschaukelt, wie man so sagt, und die Mäuse aus dem Haus gejagt.

Urgroßvater väterlicherseits war bei den »Kinderfreunden«, Vertrauensmann, ein guter Mensch. Tierlieb, Kindernarr, immer ein offenes Ohr für klagende Hausparteien, immer bestrebt, in Streitfällen zu schlichten. Kein Schmutz in den Stiegenhäusern und das Rattengift griffbereit. Keine Raufereien. Tumulte werden nicht geduldet.

Neben dieser Arbeit als Mädchen respektive: Mann für alles, war der Urgroßvater Hühnerzüchter. Er hatte Hunderte Hühner im Stall. Heutzutage wäre so einer ein gemachter Mann, dem die Weiber nachlaufen.

Urgroßvater war genau der Richtige. Kein Schwächling wird Hausmeister! Der hätte eher heute als morgen das Messer zwischen den Rippen. Dem bricht man am helllichten Tag die Postkästen auf. Hausmeister müssen einstecken und austeilen können. Die Holzkeller in den Gemeindebauten sind die reinsten Mördergruben. Erst recht in Scherzhausen, damals. Hier versteckt sich der Pöbel neben dem Ungeziefer. Das hält nicht jeder aus. Urgroßvater hält es aus. Steckt den Kindern Schokolade-Rippen zu. Haut mit der Faust auf den Tisch, bis auch der letzte Gigolo von der Hinterstiege das Geld für den Zins zusammengekratzt hat. Und die Frauen küssen dem Hausmeister die Hände.

Urgroßvater wäre beinahe als perfekter Hausmeister in die Siedlungschronik eingegangen. Mit Foto und goldverziertem Kranz zum Pensionierungsfest. Aber dann verliebt er sich – da ist er schon 50 vorbei – in eine andere Frau als die eigene.

Die andere küsst gut und will Geld und ein schönes Leben. Mein Urgroßvater, der Hühnerzüchter, erfüllt ihr jeden Wunsch. So ist es, wenn man zu lange durch Kellerabteile patrouilliert ist und den Kopf noch immer nach Frauenbeinen und Kussmündern umdreht. Das ist die Liebe, die dumme Liebe, die macht das Männchen wie den Auerhahn so blind, so blöd, so maßlos, so unvorsichtig.

Die Frau fordert und fordert. Urgroßvater verabschiedet sich von seiner/meiner Familie und legt sich der Frau zu Füßen. Jetzt leckt er ihre Zehen, der alte, blinde Hahn, wird unzurechnungsfähig vor lauter Sehnsucht und Lust. Irgendwann gehen dem Mann, meinem Urgroßvater väterlicherseits, die Ersparnisse aus. Dann greift er in die falsche Kasse, nimmt Geld, das nicht ihm gehört, und wird erwischt. Es war sein Tod, gesellschaftlich. Hausmeister, Hühnerzüchter, »Kinderfreund« auf der schiefen Bahn. Gespött aller Scherzhauserfelder.

Mein Urgroßvater, der tausendmal mehr Gutes als Schlechtes getan hat, nimmt den Strick und erhängt sich im Hühnerstall.

Hört ihr die Hühner gackern, seht ihr das Gefieder beim Abschiedstanz? Urgroßvater baumelt, so ein Mann war das nämlich!

»Geht's in den Stall, Kinder«, ruft die fremde, kalte Frau. »Könnt's euern Opa hängen sehen!«

Opa hängt, Opa baumelt. Schau genau hin, sechsjähriger Bub, der später einmal mein Vater werden wird. Schau hin! Das ist das Leben, das musst du aushalten! Schau hin und heule nicht. Heulen ist Weibersache, und du bist ein Mann. Die Zukunft, die Hoffnung. Geh betteln, Bub, aber heul nicht! Schau, wie der Großvater am Seil hängt, aber lass dir deine Verzweiflung nicht anmerken. Du bist ein Mann, schau hin!

Die Kinder schauen, schlagen die Hände vors Gesicht und laufen, laufen, laufen. Herrgott, sind die Hühner aufgeregt, weil jetzt der Polizist kommt und der Doktor, der endlich, endlich mit dem Taschenfeitel den Selbstmörderstrick durchschneidet und meinen Urgroßvater, den armen, gütigen Narren, in die Streu voller Hühnerscheiße fallen lässt.

Stammbaum, provisorisch.

Ahnvater Krämer nahm sich eine Frau und zeugte mit ihr Krämer-Zwo, der als Hauswart eine halbe Wohnsiedlung betreute und nebenbei Hühner züchtete. Krämer-Zwo nahm sich eine Frau und zeugte mit ihr Krämer-Drei, der die Straßen pflasterte und sein Weib verprügelte, ehe er sich aus dem Staub machte. Zuvor aber hatte er zwei Söhne und eine Tochter gezeugt.

Einer der Söhne, Krämer-Vier, nahm sich eine Frau und zeugte mit ihr Krämer-Fünf, also mich, ehe er sich davonschlich. Dann nahm er sich eine zweite Frau und zeugte mit ihr eine Tochter und einen Sohn, Krämer-Fünf/Zwo. Die letztgeborenen Männer freilich, Krämer-Fünf/Eins und Krämer-Fünf/Zwo, blieben kinderlos beziehungsweise gänzlich ohne Sohn. Somit endet dieser Stamm, plötzlich und endgültig, für alle Zeiten.

Es ist ein Gerücht aufgetaucht. Neben Krämer-Fünf/Eins und Krämer-Fünf/Zwo gäbe es auch Krämer-Fünf/Drei. Mit einer dritten Frau gezeugt.

Krämer-Fünf/Zwo weiß Näheres. Ich muss Krämer-Fünf/Zwo, meinen Bruder, endlich kennen lernen. Die Adresse ausfindig machen. Drei Brüder – das wäre ein starkes Stück!

Estrich

Der »Lehm-Estrich« besteht aus einer ca. 20 cm hohen Lehmschicht, die fest eingestampft wird. Die Oberfläche wird mit Eisenfeilspänen bestreut und mit Ochsenblut oder Teergalle gestrichen.

Der Große Brockhaus, 5. Band,
Doc - Ez, Leipzig 1930

Was ich von Vater weiss.

Was ich von Vater weiß, weiß ich aus zweiter Hand. Vom Hörensagen, aus der Gerüchteküche. Von Vater hört man Sachen, Junge, Junge!
Ich habe keine Stimme von ihm im Ohr, keinen Geruch von ihm in der Nase. Seinen Händedruck habe ich nie gespürt. Ich weiß nicht einmal, wie das war, wenn er geweint hat. Ob er geweint hat?
Mutter hat geweint. Wenn Mutter weinte, verfärbte sich ihre Nase innerhalb weniger Augenblicke. Sie wurde rot und schwoll an, so schnell kannst du gar nicht schauen. Mutter konnte nicht verbergen, dass sie geweint hatte. Heimlich weinen und dann zur Tagesordnung übergehen, das war nicht möglich. Mutter sah man das Weinen an, von der ersten Sekunde weg. Vom ersten Seufzer. Bei mir ist es haargenau so. Mutter weinte oft. Ob Leben oder Fernsehsendung. Bei »Reich und schön« hat sie viel geweint. »Reich und schön« war die letzte Sendung, die meine Mutter im Fernsehen sah. Vom Sterbebett aus.
Ich habe Mutter manchmal gehänselt. Ist ja nur Film, habe ich gesagt, aber Mutter ließ sich das Weinen nicht nehmen. Das Weinen, dieses lautlose, rote, verschwollene Weinen gehörte zu Mutter, wie es jetzt zu mir gehört.

In den Notizbüchern, die ich in Mutters Nachlass gefunden habe, ist immer wieder vom Weinen die Rede. Nach Todesfällen. Als der Wellensittich starb.
»Burli tot, ich hab den ganzen Tag geweint.«
Unter dem Datum »7. 1. 1978« steht in Mutters Kalender: »Heute Morgen von Roberts Tod erfahren. Habe schrecklich geweint.«
Robert Krämer, mein Vater also.

Und dann bau ich dir ein Häuschen.

»Wenn ich groß bin, liebe Mutter, werd ich alles für dich tun, und dann haben deine Hände endlich Zeit, sich auszuruhn ...« Wunschkonzertlied. Kindergartenlied. Ich singe es voll Inbrunst, ich glaube fest daran. Du kannst auch fest daran glauben, Mutti. Ich mache das, Ehrenwort! Vor allem das mit dem Häuschen. »... und dann bau ich dir ein Häuschen ...« Ich soll tot umfallen, wenn ich dir kein Häuschen baue. Die Kindergartentante nickt mir zufrieden zu. Gut gemacht, Mutter kann stolz auf dich sein! Mutter hat eine rote, verschwollene Nase. Sogar die anderen Mütter applaudieren.
Ich habe kein Häuschen gebaut. Ich wohne in einer Mietwohnung. Wieder mal. Und Mutter ist tot.

DER KNIFF MEINER MUTTER.

Meine Mutter hatte ein genial simples Lebensmotto: Nur nicht auffallen! Damit ist sie 75 Jahre alt geworden. 75 Jahre, neun Monate und vier Tage – man muss genau sein als Sohn einer Mutter, die Buchhalterin war. Dafür, dass Mutter nie auffallen wollte, kamen erstaunlich viele Menschen zu ihrer Beerdigung. Das hätte sie ganz schön verblüfft.

Von der Kraft des Schweigens.

Es gibt Theaterstücke, da kommen Allegorien vor, personifizierte Eigenschaften: Der Glaube, Der Hochmut, Das Alter, Der Geiz und so weiter. Meine Mutter hätte in entsprechenden Aufführungen Die Stille spielen können.

Nach stundenlangem Beisammensein mit ihren Freundinnen im Kaffeehaus oder im Heurigenlokal fiel so gut wie immer dieser Satz: »Du hast heute überhaupt noch nichts gesagt!«

Meine Mutter war Das Schweigen. Dabei lächelnd, manchmal mit dem Kopf nickend; kleine Gesten, aber nicht zu viel Bewegung. Manchmal war ihr das unangenehm, vor allem, wenn ihr kurz nach Verlassen des Lokales wichtige Gedanken, schöne Sätze einfielen, die sie dann, auf dem Heimweg, niemandem mehr mitteilen konnte. Manchmal bringt man etwas partout nicht über die Lippen. Manchmal hätte man lieber nicht geschwiegen.

Das kenne ich zur Genüge. Tatsache ist: Man gewöhnt sich an alles mit der Zeit, auch an Stille und Nichtssagen und die abschließende Bewertung: »Er/sie hat wieder mal nur geschwiegen.«

In späteren Jahren hat sich Mutter einen Antwortsatz zurechtgelegt: »Irgendeiner muss ja zuhören!«

Damit hat sie allen den Wind aus den Segeln genommen. Damit war sie immun gegen Vorwürfe oder Verächtlichmachung.
Faktum ist: Die anderen haben geredet, geplaudert, gequasselt, gequatscht, geschwatzt, gelästert, gefaselt, gestammelt, geschrien, gefaucht, geflötet – Mutter hat geschwiegen. Und zugehört. Manchmal ist es nicht von Wert mitzureden, da bringt Schweigen hundertmal mehr. Für einen selbst, aber auch für die anderen. Bei Pensionistentreffen geht es ja zu wie im Hornissennest!
Das Schweigen, behaupte ich, um mich, meine Mutter und alle sonstigen Schweiger zu rehabilitieren, ist der leere Hut, aus dem ununterbrochen lächerliche oder wunderschöne Hasen, echte oder falsche Tauben gezogen werden. Wenn der Hut nicht wäre! Wenn es das Schweigen nicht gäbe! Wo blieben da die Geheimnisse? Auf der Strecke.
Was hat Mutter gesagt? Über Vater zum Beispiel? Nichts hat Mutter gesagt. Mutter hat geschwiegen. Aber wie! Ich höre es heute noch.

Noch so ein Trick meiner Mutter.

Ihre Grundausbildung – Schreiben, Lesen, Musizieren, Schweigen – erhielt meine Mutter in einer städtischen Klosterschule. Von einer Nonnenschar. Liebliche Nonnen, sadistische Nonnen. Man kann sich seine Lehrer nicht aussuchen, als Kind.

Liebliche Nonnen brachten Mutter das Spiel auf der Stössellaute bei, einem Instrument, das kein Mensch mehr kennt.

Die sadistische Nonne: Das war die Handarbeitslehrerin meiner kleinen Mutter. Volksschulzeit. Ursulinenschule. Während die Mädchen Ziertücher sticken und sich mit den Gesetzen der Handarbeitskunst vertraut machen, erzählt Schwester Sado Heiligengeschichten, Märtyrerlegenden. Zum Beispiel die Geschichte von der heiligen Fausta, welche unter Kaiser Maximian ihr Martyrium erleidet, weil sie sich als christliche Jungfrau weigert, den Göttern zu opfern.

Die Schergen des Kaisers versuchen Fausta mit einer Säge zu zerstückeln. Doch Fausta übersteht die Prozedur ohne Schaden, das Foltergerät kann ihr kein Leid zufügen. Also treibt man ihr Holznägel in den Leib, einen nach dem anderen. Und als auch das keine Wirkung erzielt, bringt man das fromme Mädchen in einem Kessel mit siedendem Pech grausam zu Tode.

Die Schlussfolgerungen meiner Mutter, damals: Wenn der heilige X. sich die Haut vom Leib ziehen lässt, ohne mit der Wimper zu zucken, und die heilige Y. in kochendem Wasser ausharrt, ohne Gott zu verraten, dann müsse doch sie, die unheilige M., die später meine Mutter werden wird, wenigstens einen Tag lang auf die lässlichen Sünden verzichten können: auf Verstimmung, Angeberei, Sehnsucht nach einem leichteren Alltag und so. Von Habgier, Faulheit, Ungeduld (vor Geburtstagen etc.) ganz zu schweigen.

Mutter nimmt sich die heiligen Dulder zum Vorbild und stellt ihre persönlichen Ansprüche hintan, für alle Zeiten. Anfangs träumt sie Höllenszenen, Nacht für Nacht. Heilige brüllen lautlos aus erhitzten Wassertrögen. Tote, Tote. Horrorgeschichten für ein engelsgleiches Wesen wie meine kleine Mutter. Aber sie legt sich ein starkes Gegenprogramm zurecht: Aushalten, nicht in Ohnmacht fallen, eine Heilige werden (was das Ertragen von Folterschmerzen betrifft). Die Geschichten freilich werden nicht sanfter, die Gewaltszenen nicht erträglicher, die Schrecken lassen sich nicht bannen. Schwester Sado ist hinterlistiger als meine Mutter und kommt Tag für Tag mit grässlicheren Märtyrergeschichten daher. Immer neue Heilige halten in Kochtöpfen und auf Streckbänken aus. Zerfleischungen am laufenden Band.

Nehmt euch die heilige Margaretha von Antiochien zum Vorbild, liebe Kinder, die Patronin der Jungfrauen und der Gebärenden. Margaretha hat heidnische Eltern, wird aber von einer christlichen Amme im wahren Glauben großgezogen. Als der Vater merkt, dass sich seine Tochter vom Götzentum abgewandt hat, liefert er sie dem Statthalter Olybrius aus. Der Statthalter will dem Mädchen den Herrn zeigen. Er lässt Margaretha vorführen und verliebt sich sofort in das schöne Kind. Kehr zu den alten Göttern zurück, mahnt er. Werde mein Weib, bittet er.
Sie aber hat sich schon einem anderen versprochen: dem himmlischen Bräutigam Jesus Christus.
Der zornige Werber, Statthalter zu Antiochia immerhin, lässt Margaretha mit Fackeln brennen, an den Haaren aufhängen und mit schwerem Gerät geißeln. Schließlich, da sie alles ohne Schaden übersteht und ihre Wunden auf mysteriöse Weise innerhalb weniger Stunden vollkommen verheilen, wird ihr auf öffentlichem Platz der Kopf abgeschlagen.

Jetzt kommt der Trick, mit dem meine kleine Mutter immun wird oder wenigstens wieder schlafen kann, traumlos, nach den Handarbeitsstunden in der Kloster-Folterkammer. Mutter wird Dauergast auf den städtischen Friedhöfen. In jeder freien Minute besucht sie die Aufbahrungshallen; damals wurde ja noch offen aufgebahrt, mit freiem Blick auf die Leichname.

Mutter, das Kind, huscht in die düsteren Räume, stellt sich vor dem nächstbesten Toten auf, hält den Atem an, aber die Augen lässt sie offen. Dann zählt sie bis dreißig, einer Ohnmacht nahe, aber sie hält durch und läuft wieder zurück ins Freie. Irgendwann einmal kann sie bis sechzig zählen, dann bis hundert. Je mehr fremde Leichen sie sieht, umso weniger schrecken sie die Nonnen-Geschichten.

Als Schwester Sado auf der Totenbank liegt und alle Schülerinnen an ihr vorbeipromenieren, sich bekreuzigen und der Leiche die kalte Hand küssen müssen, lächelt Mutter, das Kind, als Einzige von allen.

Nachtrag zu Schwester Sado.

Ein Vater verrät seine Tochter, weil sie einen anderen Glauben annimmt. Er zeigt sie beim obersten Polizeichef an, der das Kind auf grausame Weise zu Tode bringt. Vater schaut zu, empfindet nicht die geringste Herzensregung. – Was wolltest du meiner Mutter damit sagen, Schwester Sado? Die Märtyrerin ist jetzt eine Heilige, gut. Ihr Glaube war stärker als die Angst, auch gut, meinetwegen.

Aber was ist mit dem Vater? Warum hast du ihm nicht das Herz aus dem Leib gerissen, die Augen ausgekratzt, die Zunge aus dem Schlund geholt, mit den Häkelgeräten deiner Schülerinnen. Warum hast du sie in Panik versetzt, in die Sprachlosigkeit getrieben. Warum hast du sie allein gelassen, Mutter und die anderen Engel, allein, mit dem einzigen Wunsch, alles auszuhalten, nicht zu heulen, nicht zu fluchen? – Zeig dich, Schwester Sado! Ich habe mir alle deine Foltertricks in meinem Goldenen Rächerbuch notiert.

Der Barbar.

Anstatt Vater kam einmal ein Barbar ins Haus. Da wohnte ich nicht mehr bei Mutter. Ich hätte ihm den Kopf abschlagen müssen, aber ich dachte bloß: Sohn, das geht dich nichts an. Er ist nicht dein Vater, und Mutter hat ein Recht auf ihr eigenes Leben. Der Typ machte Mutter fertig. Keine Manieren. Kein Sinn für Musik. Kein Herr, kein Tänzer. So einen wollte Mutter nie. Ich leckte mir damals die eigenen Wunden und musste gerade mit Entsetzen feststellen, dass ich ein miserabler Ehemann, Liebhaber, Krisenmanager, Lebenskünstler, Dulder und Kämpfer war.

Kurz und gut: Der Barbar, der in der Erinnerung haargenau wie Hitler aussieht (sogar der Bart stimmte überein), machte Mutter das Leben schwer. Er hockte bei Tisch, breitbeinig, und stopfte die Mahlzeiten in sich hinein, gierig, unbeherrscht, dass ihm dabei die Suppen und Soßen nur so über das Kinn rannen und auf das Unterhemd tropften, manchmal auch auf den nackten Bauch. Mutters Mahnungen nahm er nicht einmal wahr. Das sind die biblischen Prüfungen. Du musst aushalten, was nicht auszuhalten ist. Märtyrer haben mehr ausgehalten, sagte meine Mutter.

Mutter wollte nie auffallen, niemals. Lieber stumm verschwinden, sich im Nichts auflösen. Leise durch die kleine Welt gehen. Er wollte auffallen, grölen und Streithändel beginnen. Mit wem auch immer. Der Barbar war nicht wählerisch.
In meinem Alter hatte er schon ein Haus gebaut. Das kam immer wieder: »In deinem Alter hab ich schon ein Haus gebaut! Und du?« Aber ich wechselte jedes Mal das Thema, Mutter zuliebe. Er hat auch seine guten Seiten, pflegte sie zu sagen. Ich hätte ihm den Herrn zeigen müssen. Mit allen Mitteln. Mich hätte jedes Gericht freigesprochen.
Als er endlich im Sarg lag, machte ich das Kreuzzeichen und dankte Gott. Auch wenn mich für diese Grobheit einmal der Teufel holen wird. Das nehme ich in Kauf. Der Barbar, fällt mir ein, war der einzige männliche Leichnam, den ich, der Mutter beistehend, gesehen habe. Im kleinen Aufbahrungsraum im Krematorium unserer Stadt. Mutter fuhr dem Scheusal noch einmal durchs Haar und flüsterte ihm einen Kosenamen zu. So ein Engel war sie. Er lag da und grinste.
Einen Tag später erfuhren wir, dass er wenige Wochen vor seinem Tod meine Mutter mit einem schändlichen Trick um die gemeinsamen Ersparnisse gebracht hatte. Das Einzige, was er hinterlassen hat: zwei Dutzend Oberhemden in Originalverpackung, Geschenke von Mutter. Der Unterleibchen-Barbar.

Mutter, die stille Dulderin, hat sich alles gefallen lassen, hat hingeschaut, den Atem angehalten und ausgehalten, und ich war nicht Manns genug, ihm das Haus zu verbieten. Sie hat sich zu Tode geniert und geschwiegen. Damit kommt man in den Himmel. Wenn es eine Gerechtigkeit gibt, dann sitzt Mutter, die Schmerzensreiche, auf dem Schoß Gottvaters und lässt sich das Haar streicheln. Und ihr zu Füßen hockt Herr Jesus, tröstet sie durch ein Lächeln und salbt ihr die Beine, während Mutter sich zum tausendsten Mal im Fernsehen »Dr. Schiwago« ansieht und von den richtigen Männern träumt. Aus den Höllenflammen aber winselt der Barbar um Erbarmen.

Jesus wird ganz schön zu tun haben, um meiner Mutter ihre Barmherzigkeit auszutreiben. Sei gnädig, Herr, er hatte kein leichtes Leben. Wenn es nach mir geht, verbrennt der Mann mit dem Hitlerbart bis auf das letzte Zellpartikelchen. Kein Fegefeuer. Keine Auferstehung. Aber es wird nicht nach mir gehen. Mutters Lächeln bezwingt auch die Götter. Der Barbar wird begnadigt. Dafür verliebt sich Mutter wieder einmal mit Haut und Haaren in Omar Sharif, »Lara's Theme« und die russische Seele. So stelle ich mir das Jenseits vor. Alles andere wäre eine Enttäuschung.

Psssssssst!

Du musst schreien, Idiot, schreien! Auf die Trommel schlagen, so laut du kannst. Sonst hört dich, verdammt noch mal, keine Sau. Sonst gehst du unter, sonst bist du weg vom Fenster. Vergessen, für immer. Mein Bruder, den ich nicht kenne (ich: 50, er ein paar Jahre jünger), kann – haben meine Recherchen ergeben – zwei Stunden neben dir sitzen, ohne einen einzigen Satz zu reden.
Das schaffe ich auch, Bruderherz. Du wirst dich anstrengen müssen!

Vater, Bruder und ich. Schweigend und ohne irgendwie aufzufallen mitten durchs Leben. Hey, da fällt mir ein: Ich hab auch noch einen Urgroßvater-mütterlich (1868 –1938), der sich immer im Schlafzimmer versteckte, wenn Sonntagsbesuch kam, die Luft anhielt, schwieg – als gäbe es ihn nicht – und lautlos auf und ab ging, bis der Besuch endlich gegangen war. Dann kam er wieder zum Vorschein, als ob nichts gewesen wäre, als seien bloß ein paar leere Stunden durchs Land gezogen.
Wir schweigen, einfach so, im gleichen Rhythmus, die Männer unserer Familie (plus Mutter), während die Meute sich die Seele aus dem Leib brüllt.

Heißa, das wird eine stille Truppe, jetzt, wo alles so verdammt laut sein muss, um nur irgendwie gehört zu werden.
Allez hopp!
Psssst!

Von den anderen Männern.

Es gab auch andere Männer an Mutters Seite, klar. Mutter war eine bildschöne Frau. Kavaliere, die sie von zu Hause abholten und nach Hause zurückbrachten. Immer am selben Tag. Das muss so sein. Wegen der Kinder. Weil wir Kinder sonst nicht einschlafen könnten! Einer hatte eine Glatze, eine spiegelnde, immer gerötete, im Sommer gebräunte Glatze. Wir trafen uns mit ihm im Volksgartenbad. Das war kurz nachdem ich mir das Schwimmen beigebracht hatte. Und dann einige Sommer lang. Der Sommeronkel.

Als ich die Aufnahmeprüfung ins Gymnasium schaffte, schenkte mir der Sommeronkel zwei Bücher über die Olympischen Spiele 1936. Einen Sommerband (Berlin), einen Winterband (Garmisch-Partenkirchen), mit vielen Fotos, vom österreichischen Skispringer Bubi Bradl und vom amerikanischen Leichtathletenkönig Jesse Owens und den anderen, und allen Wettkampfergebnissen. Ich lernte die Zeiten, Weiten und Platzierungen auswendig. Gott sei Dank. Ein paar Sommer später verlangte der Sommeronkel die Bücher zurück. Eigenbedarf. Ich weiß noch immer, dass der schwarze Gott Jesse Owens die 100 Meter in 10,3 Sekunden gewonnen hat, nach-

dem er bereits im Vorlauf mit 10,2 Sekunden einen neuen Weltrekord aufgestellt hatte.
Den Sommeronkel verloren wir aus den Augen. Er hat einfach das Schwimmbad gewechselt, von einer Saison auf die andere.
In dem Jahr, in dem mein Vater starb, starb auch der Sommeronkel. In der Zeitung stand: »Beim Schwimmen im AYA-Bad an der Alpenstraße versank Sonntagnachmittag der 70-jährige Salzburger Karl S. plötzlich im Wasser ...«
Das war am 20. Mai. Zu Beginn der Badesaison. Das Datum hat Mutter auf den Zeitungsausschnitt geschrieben. Den Zeitungsausschnitt hab ich in der Totenschachtel gefunden, neben der Traueranzeige. »Gott der Herr hat am 20. Mai 1978 ganz unerwartet unseren lieben Bruder, Onkel und Schwager, Herrn Karl S., Kaufmann in Ruhe, zu sich genommen.«
Zu sich in die Tiefe.
Jesse Owens wäre ein Vater gewesen! Ich wäre Leichtathlet geworden. Oder Sportreporter. Aber das mit Jesse Owens hätte Hitler nicht zugelassen. Und die Großmutter auch nicht. Mutter erst recht nicht. Mutter liebte Vater. Vater war kein Wettkampfsportler. Vater war Romantiker.
Die Olympia-Bücher fehlen mir heute noch.

Herr Putz hat angerufen.

Manchmal musste sich Mutter mit Herrn Putz treffen. »Herr Putz hat angerufen!« Dann fuhr sie zu ihm ins Amt in der Stadt oder ging am Abend, nachdem sie vom Büro nach Hause gekommen war, zu Herrn Putz in die Wohnung. Er wohnte in unserer Siedlung, ein paar Häuser weiter, zwei Stockwerke über dem Lebensmittelgeschäft.

Herr Putz brachte immer Aufregung in die Familie. Der Name allein genügte. »Herr Putz hat geschrieben!« Das hatte nichts mit Herrn Putz zu tun, von dem ich nur mehr weiß, dass er eine Beinprothese hatte.

Herr Putz arbeitete bei einer Behörde, die sich um die Beschaffung von Geldern kümmerte. Oder so ähnlich.

Immer wenn vom Herrn Putz die Rede war, wenn Mutter und Großmutter über Herrn Putz sprachen, meist in der Nacht, wenn sie glaubten, wir schliefen tief und fest im Kinderzimmer, immer wenn der Name Putz fiel, fiel auch der Name meines Vaters. Robert. Oder Krämer. Der Krämer werde jetzt zahlen, habe Herr Putz gesagt. Oder: Er könne leider im Moment nicht zahlen, der Krämer. Oder: Wenn er diesmal wieder nicht zahlt …

Herr Putz war mir von Herzen unsympathisch.
Das lag nicht an seiner Beinprothese.
Putzfimmel.
Putzlappen.
Putzteufel.
Der Putz bröckelt von der Wand.

Toter Vater, guter Vater.

Als wir, Großmutter, Mutter, Schwester und ich, aus der Stadt in die Vorstadt übersiedelten, bedrängten mich, kaum hatte ich mich halbwegs eingewöhnt, die neuen Schulkollegen und die Klassenlehrerin mit der Frage nach dem Beruf meines Vaters. Ich war damals siebeneinhalb und berichtete, wie aus der Pistole geschossen, dass mein Vater im Krieg gestorben sei. Vom Panzer überrollt, beim Fallschirmspringen abgeschossen, sieben Löcher im Bauch usw.
Es ist aber so: Ich bin 1950 zur Welt gekommen; gezeugt im Frühsommer 49.
Da war der Krieg längst vorbei und Vater bei bester Gesundheit. Ich verkaufte ihn trotzdem als Kriegstoten. Hätte ich sagen sollen: Er ist abgehauen, als ich grad in die Windeln kam, Vater, der Scheißkerl? Ein toter Vater ist immer ein guter Vater. Tatsache.
Im Weltkrieg-Zwo sind u. a. mein Stiefgroßvater und meine beiden einzigen Onkeln-mütterlich abhanden gekommen. Stiefgroßvater: in Polen vermisst. Onkel-Eins: in Russland vermisst. Beide so gut wie sicher tot. Obwohl, theoretisch könnte Onkel-Eins heute noch an der Türe klingeln und sagen: Hier bin ich. Onkel-Zwo, der kleine Onkel, den ich fast gehabt hätte, ist mit 13 Monaten gestorben. Stollen-

krankheit. Fliegeralarm wieder einmal, Familie samt kleinem Onkel in den Schutzkeller; eiskalte Luft, tödliche Keime. Husten, Fieber. Nicht einmal 400 Tage Leben. Dann der Tod. Drei Tote im Weltkrieg-Zwo. Da passte Vater gut dazu. Heldentod statt Fahnenflucht. Männer wie wir.
Die Lehrerin schüttelte den Kopf, meine neuen Kollegen aus der zweiten Klasse erstarrten vor blankem Entsetzen. Der Krämer hat einen toten Vater! Vom Panzer überrollt, Stalingrad oder so, beim Fallschirmspringen abgeschossen, sieben Löcher im Bauch usw. Erst am nächsten Tag, als sie mit ihren eigenen Vätern geredet hatten, wagten sie zu widersprechen. Wenn dein Vater im Krieg gestorben ist, frisst mein Vater einen Besen.
Okay, das mit Stalingrad war nur ein Trick, um die anderen Väter zu testen. In Wirklichkeit ist mein Vater auf Welttournee, mit einer ausgewachsenen Elefantenherde, seit meiner Geburt. Er ist Dompteur, und ein einziger Elefant kann hundert Männer zertreten. Dann versprach ich allen Freikarten für die erste Vorstellung nach seiner Rückkehr.
Meine Lehrerin, die immer noch den Kopf schüttelte, konnte ich bald mit schulischen Leistungen beeindrucken. Sie hat mich ein ganzes Jahr lang nicht nach meinem Vater gefragt. Erst wieder an jenem Tag, als wir die Mitglieder unserer Familie in Tiergestalt zeichnen sollten. Auch die Kollegen haben

meinen Vater und seine Elefanten überraschend schnell vergessen.
Eigentlich bin ich heilfroh, dass mein Vater nie aufgetaucht ist. Es wäre alles viel komplizierter geworden. Obwohl er das mit den Elefanten hingekriegt hätte. Mit meiner Hilfe.

Mäuerchen

Mauer, die: Wand aus Stein, aus Beton o. ä. *bildl.*: ihn umgab eine M. des Schweigens; er stand vor einer M. aus Haß und Verachtung.

Duden, Das Stilwörterbuch, Mannheim 1970

Hier ist – dein Vater!

Auf einmal tauchen von überall her die Väter auf, als hätten sie bloß auf die Erfindung des Familienzusammenführungs-TVs gewartet. »Hier ist – dein Vater!«
Wann hast du deinen Vater zum letzten Mal gesehen?
Ich habe ihn noch nie gesehen.
Wie stellst du dir deinen Vater vor?
Groß, stark, gütig. Und dass er mich in die Arme nimmt.
Bist du bereit?
Ich bin bereit!
Hier ist ... ich höre gerade, er hat es sich anders überlegt. Dein Vater ist nicht gekommen. Das tut mir Leid. Außerdem wäre er klein, fett und unbarmherzig gewesen und hätte dir nicht einmal die Hand gedrückt. – Enttäuscht?

Es gibt Väter, die verschwinden kurz vor dem Auftauchen. Werden schon angekündigt – aber dann sind sie nicht da. Nicht ums Verrecken! Morgen kommt Vater. Aber er kommt nicht. Übermorgen? Er kommt überhaupt nie. Nicht einmal Weihnachten. Da schon gar nicht. Der Zauberer ruft: »Allez hopp!«

Dann schaut er auf die Uhr und sagt: »Oh, tut mir Leid, mein Dienstvertrag ist soeben abgelaufen!«
Jetzt kann man natürlich seine Eintrittskarte zurückgeben und weiterhin so tun, als hätte es nie einen Vater gegeben. Nicht einmal einen verzauberten.
Es treten andere Väter ins Scheinwerferlicht, die dich nichts, absolut nichts angehen: kleine, große, bärtige, haarlose; Väter, welche Rotz und Wasser heulen, coole Väter, besoffene Väter, Schläger und Schleimer. Wir feiern Vater-Ausverkauf, musst du wissen. Aber deiner ist nicht gekommen.

Vater ist: abgehauen, abgezwitschert, abgesegelt, verduftet, verdampft, verloren gegangen; hat die Fliege gemacht, sich vertschüsst, verdrückt, verdünnisiert, ins Nichts hinein verbröselt, aus dem Staub gemacht; Vater hat das Weite gesucht, den Abgang gemacht, die Kurve gekratzt, Leine gezogen, Fersengeld gegeben; ist auf und davon, auf Nimmerwiedersehen, up, up and away, über alle Berge, eine Wolke. Hat sich fortgestohlen, weggestohlen, davongestohlen. Und ist nicht zurückgekehrt.
Siehst du, wie sie zittern, wenn die Väter aus dem Dunkel treten, hörst du sie seufzen, wenn der Scheinwerfer aufleuchtet? Hier ist – dein Vater! Jetzt hast du die Bescherung. Nun macht was aus eurer grotesken Begrüßungsumarmung. Bleibt von nun an beisammen, bis euch der Teufel holt, ihr ungleichen Gestalten!

Vater ist also nicht gekommen. Sicher hat ihn der Schlag getroffen, kurz vor der Begegnung, denkst du. Wetten, dass er umgekippt ist vor lauter Sehnsucht und Vorfreude? Umgekippt und in Sekundenschnelle verstorben. So was kommt vor, öfter, als man denkt. Bei meinem war es genauso. Gott sei Dank dringt jetzt eine immer lauter werdende Ambulanzsirene an dein Ohr. Vater starb in der Fernsehstudio-Kantine, grad als man ihn zu dir holen wollte.

Und zum ersten Mal bist du irgendwie stolz auf Vater, verdammt stolz.

Ich weiß, wovon du redest!

Was ich von meinem Vater gerne gelernt hätte.

Wie man ein Haus baut, wie man Nägel kerzengerade in die Wand hämmert, wie man Weihnachtskrippen bastelt, wie man Bäume ausreißt, wie man Kronkorken von Bierflaschen beißt, wie man schöne Frauen betört, reihenweise ... wie man eine Stunde durchvögelt (das war früher einmal), wie man seinen Alkoholspiegel hält, ohne ernsthaft die Organe zu schädigen, wie man mit Steppschuhen tanzt, wie man zuschlägt, ohne gleich zu töten, wie man die »Caprifischer« pfeift, dass die Liebste ans Fenster kommt, die Mutter der Liebsten dabei aber nicht wach wird, wie man, ohne aufzufallen, durchs Leben geht, sogar auf einem Bein (ganz zum Schluss), wie man richtig pinkelt. Und einiges mehr.

Krämer & Krämer, zwei.

Trommelwirbel, Lichtwechsel. Kennmelodie. Allez hopp! – Krämer & Krämer taumeln in das Fernsehstudio. Die Moderatorin brüllt: »Hier ist dein Vater!« Vater und ich fallen uns in die Arme. Wir blicken uns an, als hätten wir uns noch nie gesehen. Das ist leicht, wir haben uns ja noch nie gesehen. Jedenfalls offiziell nicht. Wir grinsen oder weinen, je nachdem. Dann folgt tosender Applaus.
Irgendwer schreit: »Action!«

Ist das richtig, Vater?
Was richtig, Sohn?
Wie ich pinkle.
Wie pinkelst du?
Zweihändig. Und du?
Wie ich pinkle? Ganz normal. Du kannst vielleicht Fragen stellen.
Ist zweihändig normal?
Zweihändig?
Na ja. Ich hol das Ding heraus, und dann greif ich mit beiden Händen zu. Und los.
Mit beiden Händen?
Daumen und Zeigefinger, links und rechts.
Ich hab noch nie darüber nachgedacht.

Ich schon, oft schon. Jeden Tag denk ich darüber nach.
Deine Sorgen möchte ich haben, Sohn.
Ich nicht, Vater.

Verbeugung, Abgang, tosender Applaus, Lichtwechsel.

Vom Zweihändig-Pinkeln.

Ich stehe mit Vater im Pissoir des Gasthauses »Zu den drei Hasen«, unweit des Friedhofes, auf dem Vater ruht, seit mehr als zwanzig Jahren. Vater, der ziemlich frisch wirkt, dafür, dass er tot ist, zeigt mir, wie man pinkelt, richtig pinkelt. Nicht dass ich ein Hockend-Pinkler geworden wäre, Gott bewahre. Ich hocke selten beim Wasserlassen. Ich stehe, wie die anderen Männer auch. Ehrensache! Vor der Klobrille bin ich ein ganzer Kerl. Ich hocke mich nicht aus Bequemlichkeit hin beim Pinkeln, schon gar nicht aus Faulheit. Nicht einmal aus weltanschaulichen Gründen. Höchstens wenn ich dabei was lesen möchte. Aber Lesenwollen entschuldigt alles.

Also kein Hockend-Pinkler, aber ein Zweihändig-Pinkler. Mit beiden Händen bei der Sache. Das macht mich unsicher, Vater. Da bräuchte ich deine Hilfe. Neben mir, auf irgendwelchen Klos in irgendwelchen Cafés, Gaststuben, Kongresszentren und Festspielhäusern sind Hunderte Männer gestanden, die das anders als ich erledigt haben. Einhändig. Wobei sie das Ding mit den Fingern einer einzigen Hand im Griff hatten und mit der Handfläche die ganze Geschichte so geschickt abdeckten, dass man

als Nebenstehender absolut nichts zu sehen bekam. Mit der anderen, freien Hand zupften sie sich den Bart zurecht, stocherten im Ohr herum oder halten sich neuerdings ein Handy an die Wange. Während ich mit beiden Händen am Werken bin, um diesen verdammten Wasserstrahl endlich loszuwerden.
»Stell dich nicht so an«, sagt Vater. »Du wirst doch noch ordentlich pinkeln können!«
»Jetzt, wo du das sagst«, knurre ich selbstbewusst, und pinkle mir voll auf die Innenseite meiner Linken, während ich mit der Rechten lautstark klirrend einen Schlüsselbund spielen lasse.
»Na, also«, brummt Vater.
Dann schütteln wir im gleichen Rhythmus die restlichen Tropfen von uns. »Jetzt hätten wir also auch das geschafft.«

Von Rittern und Rosen.

So wuchs ich denn auf, gab Parzival, der Narr, zu Protokoll, behütet von meiner Mutter Herzeloyde Krämer, der fürsorglichsten aller Mütter, und deren Mutter, der Kriegerswitwe nach Johann Bach, welcher Lastwagenfahrer und kein Tondichter war. Meiner Mutter hatte der Krieg den Stiefvater und die beiden Brüder gestohlen; Großmutter Bach hatte der Krieg den zweiten Mann und die beiden Söhne geraubt. Das Bübchen Wernerle, 13 Monate jung, kam nachweislich an einer Krankheit zu Tode, die es sich bei den durch die häufigen Fliegeralarme notwendig gewordenen Aufenthalten im Felsenkeller zuzog; der Mann und der ältere Sohn mussten aller Wahrscheinlichkeit nach in Ausübung des Kriegshandwerks in Polen bzw. Russland ihr Leben lassen. Theoretisch könnten die beiden immer noch leben. »Unser Bub, der Krämer jun., soll kein Ritter werden!«, schworen Mutter Herzeloyde und Großmutter Bach. Man wäre ja ein Unmensch, wenn man kein Verständnis für diesen Schwur hätte. Immerhin war ich, Parzival Andreas Hans (Letzteres nach dem gnädigen Taufpaten, Herrn Johann), der letzte verbliebene männliche Bestandteil der von Leid und Verlust geplagten Familie ... nachdem auch noch

Vater – nicht unmittelbar durch den Krieg, vermutlich aber durch die Seelenverwirrungen nach dem Kriegsende bedingt – Reißaus genommen hatte.
»Du wirst uns kein Ritter, Bübchen, du nicht.«
»Mutter, was ist ein Ritter? Mutter, wie pinkelt man richtig? Mutter, was heißt das: Ich soll nicht wie Vater werden?«
Man bettete mich auf dornenlose Rosen; ich bekam an Sonntagen geduldig mit dem Schneebesen gerührten Schlagobers zum Marmorkuchen; ich wurde in einer Welt voller Zärtlichkeit groß. Ich wurde ein hübscher Mozart beim Kindergartenfaschingsfest. Liebling der Erzieherinnen, später der Pädagogen und Ausbildner. Die Grußkarten (von Skikursen oder Sommerreisen zu Verwandten) an Herzeloyde, das Mütterlein, und an Großmutter Bach pflegte ich mit »Euer braver Narr Parzival« zu zeichnen.
Einmal bekam ich einen Stoppelrevolver, weil alle in meiner Klasse mit Stoppelrevolvern herumballerten; ich durfte sogar mit den kleinen SS-Püppchen, die meinem vermissten Onkel gehört hatten, spielen (»… sag aber nichts den anderen«). Ich hortete Indianerfiguren und wilde Tiere aus Holz und Hartgummi; mein Herz schenkte ich einem schwarzen Panther, eine Handspanne groß und von edler Schönheit.
Kurz und gut: Ich wuchs auf ohne Fehl und Tadel, maturierte mit Auszeichnung, nachdem ich nebenbei auch noch das Spiel auf mehreren Instrumenten

erlernt hatte. Meine ersten sexuellen Erfahrungen machte ich in unserem städtischen Bordell mit einer ungeduldigen Nutte. Meine erste Ehe ging schief, ich bin gänzlich kinderlos geblieben, der Letzte unseres Stammes gewissermaßen.

Ich muss keinem Nachkommen irgendwelche Fragen beantworten ... warum der Himmel blau ist, wie viel Alkohol man trinken darf, ohne seine Organe ernsthaft zu schädigen, wie man richtig pinkelt, was ein Ritter ist.

Ich lebe vogelfrei – manchmal kann ich in vornehmen Palästen speisen, mit schönen Frauen und klugen Männern, manchmal hab ich mehr Freizeit, als mir lieb ist.

Ein Brief an Vater, 1969.

Lieber Vater!
Oder nur: Vater? Herr Vater?
Herr Krämer? Lieber Herr Krämer?
Mein Vater? (... warum hast du mich verlassen ... ha, ha, ha!)
Werter Vater? Geschätzter, hochwürdiger, sehr geehrter Herr Vater?
Väterchen? Vati? – Erzeuger?
Signore? Sir? Dear Sir?
Dad? Daddy? Daddy-cool? Papa? Papi? Paps?
Alter? Alterchen? Altes Haus? Arschloch?
Scheusal? Schweinehund? Verräter?
Monster? Mister? Miststück? Unbekannter?
Lieber Unbekannter?

Wollte Dir/Ihnen mitteilen, dass ich (Dein/Ihr Sohn) heuer die Reifeprüfung bestanden habe (mit Auszeichnung!) und dass ich nächsten Herbst ein Studium beginnen werde (vermutlich Wirtschaftswissenschaften). Derzeit bin ich beim Bundesheer (Artillerie, Martinek-Kaserne, Baden bei Wien), wo ich mich gut eingelebt habe.
Bei den Sport- und Schießwettbewerben landete ich bis jetzt immer im Spitzenfeld. Wir hatten auch

schon einen Nachtmarsch zu absolvieren (zwanzig Kilometer mit schwerem Gepäck und Waffe) – kein Problem für mich! Aller Voraussicht nach werde ich demnächst Raketenwerferführer. »Stalinorgel« hieß das wohl bei Ihnen/Dir, damals im Krieg.

Wachestehen ist hart; beim Wachestehen überfällt mich jedes Mal die existenzielle Müdigkeit. Da möchte ich immer gleich tot sein, aber nur bis zum Ende der Wachpostenzeit. Vor allem bei Minusgraden, bei Schnee oder Sturm. Aber ich sag mir immer: Was mich nicht tötet, stärkt mein Selbstvertrauen. Stimmt's?

Nächste Woche gibt's Manöver. Ich mach Dir/Ihnen sicher keine Schande, großes Soldatenehrenwort. Im Manöver, in den Wiesen gleich hinter der Kaserne, wird es zugehen wie bei Euch/Ihnen/Dir an der Front. Wobei wir selbstverständlich Platzpatronen verwenden. Scharfe Munition wäre zu teuer. (Überall wird gespart, auch in den Schlachten, Sie verstehen ... Du verstehst?)

Es tut verdammt gut, auf der nackten, kalten Erde zu liegen, den Kuckucksruf im Ohr, und mit dem Feldbesteck Pökelfleisch aus der Konservendose zu stochern. Es tut gut, sich den Rotz in die Uniformhose zu wischen, einfach so. Kein Parfüm, keine Manieren. Mannsbilderaktionen! Endlich weg von daheim (sprich: Ihrer/Deiner Ex-Frau = meiner Mutter; der Oma = Schwiegermutter; und der Schwester = Tochter).

Beim Marschieren (auf dem Kasernenhof wie im freien Gelände) singen wir zum Beispiel »Wenn die bunten Fahnen wehen«. Alle Strophen, und immer wieder. Einstimmig natürlich. Zweite Stimme – das ist was für die Weiber; oder für den Kirchenchor. Beim Marschieren muss alles seine Ordnung haben. Strenge Regeln, keine Schnörkel, nicht einmal beim Singen.
Was ich Sie/Dich fragen wollte: Wo waren Sie/warst Du eigentlich im Einsatz? Russland? Polen? Frankreich? Heimatfront? Verwundungen? Belobigungen? Eisernes Kreuz welcher Klasse? Gefangenschaft? Mutter sagt ja nichts. Mutter erzählt nie was, schon gar nicht von Dir/Ihnen. Ich soll Sie/Dich übrigens von ihr grüßen.

Auf Wiedersehen! Dein/Ihr Sohn? Bub? Burli? Bambino? Nachkomme? Erzeugnis? Spross? Kind? Bankert? Bastard? Irrwisch? Rutschepeter?
Fleisch und Blut, unbekannterweise …

So sind wir, Vater und ich.

Bist du bereit?, fragt Vater.
Ich bin bereit! – Dann greift er nach mir, holt mich mit seiner braun gebrannten Maurerhand aus dem Kinderwagenpanzer, ohne auf die Spinnweben zu achten, die mich bedecken, ohne den Stacheldraht zu fürchten, den die Hüterinnen über meinem kleinen Körper gespannt haben. Schon hocke ich bei Vater auf dem Pferd, und wir reiten, reiten, reiten. Einfach drauflos! Heißa, und nur der Wind ist unser Begleiter! Erreichen das Ziel ohne Müh und Not. Dann gibt's Abendbrot.
Am nächsten Tag, aus einer atemberaubend fernen Gegend (die wir nicht verraten), schreiben wir Mutter eine Grußkarte, dass sie sich keine unnötigen Sorgen macht. So sind wir, wir Männer.

Mein erster Schultag.

Diese peinlichen Szenen, in aller Herrgottsfrühe. Felix kommt mit Mutter, Arnold kommt mit Mutter, Kurt kommt mit Mutter. Das ist der erste Schultag, Freunde, nicht Weiberfastnacht. Lauter Muttersöhnchen, wohin das Auge blickt. Der komplette männliche Nachwuchs, in altmodische Anzüge gezwängt; blütenweiße Hemden, auf Glanz gescheuerte Lackschuhe. Krawatten! Dann haben sie noch überdimensional große Taschen auf den Schultern hängen, Tüten voller Süßigkeiten unterm Arm. Die Hand aber steckt in einer Weiberhand.

Jetzt kommen Vater und ich. Auf einer Puch 350, gepflegtes Eisen. Macht einen heißen Spruch. Vater lässt den Motor noch einmal so richtig aufheulen. Klingt hundertmal besser als die langweilige Schulglocke. Wir haben Fliegerhauben auf den Köpfen, ich liebe dieses dunkle, abgewetzte Leder.
Schwing ich mich also von der Maschine, Vater streckt den Daumen hoch, alles klar, mein Junge. Dann ist er eine Wolke. Ich knöpfe mir den Ledergurt unterm Kinn auf, sondiere kurz die Lage und stiefle auf die traurige Truppe zu. Die Mädels fallen reihenweise in Ohnmacht, Schicksal. Die Mütter

rümpfen die Nasen. Benzingeruch auf nüchternen Magen – das ist nicht jedermanns Sache.
Ich nehme in der hintersten Schulbank Platz (besserer Überblick), lege die Füße auf das Schreibpult und harre der Dinge. »Lass dir nichts gefallen, Junior.« Vater hat für jede Situation den passenden Spruch. Ich denke mir: Wenn die Alte da vorne an der Tafel Terror macht, dann pfeif ich meinem Daddy, der klärt das schon. Notfalls baut er mir eine eigene Schule. Vater kann das.
Die Weiber gehen gar nicht mehr heim. Hocken die ganze erste Schulstunde lang neben ihren Kröten und tätscheln denen die Hände. Das würde mich nerven. Ist das hier das Leben oder nicht? Mütter haben auf dieser Party nichts mehr verloren. Dann checken wir ein. Name, Geburtsdatum, Beruf des Vaters. Ich sage »Buchhalterin«. Da lachen die hässlichen weißen Gespenster rund um mich, Mütter wie Kinder, als hätte ich einen meiner tausend Witze losgelassen.
»Buchhalterin«, sagt die Lehrerin, »ist ein seltsamer Beruf für einen Vater.« Natürlich hätte ich alles aufklären können. Aber ich sag nichts mehr, kein Wort. Ich schweige mich aus. Denk mir meinen Teil, das genügt. In drei Stunden holt mich mein Vater ab. Dann regeln wir die Geschichte unter Männern. Gnade euch Gott.
Wenn wer behauptet, ich hätte geheult an meinem allerersten Schultag, dann ist das eine verdammte

Lüge. Dem reiß ich die Eier aus, ohne Betäubung. Fahr du einmal auf einer Dreihundertfünfziger mit Höchstgeschwindigkeit den Schulweg ab. Ohne Brillen, durch nichts geschützt als den Lederrücken deines Vaters! Der Fahrtwind, der elende Straßenstaub. Deine Augen möchte ich sehen, Kumpel. Erzähl mir nichts von Tränen. Da kenn ich mich, weiß Gott, besser aus. Kannst du Gift drauf nehmen, Alter.

Die Väter der anderen.

Weingartner hatte auch keinen Vater. Aber wenigstens einen Großvater. Einen echten, einen, der bei den Weingartners wohnte. Vertrauensmann vom Rentner- und Pensionistenbund in unserer Siedlung. Später bekam Weingartner sogar einen Stiefvater. Und der war wie ein Vater zu ihm. Behauptet Weingartner.

Der Vater von Jordan starb, da war Jordan, mein Banknachbar im Gymnasium, elf oder zwölf. Das Herz. War mit dem Bus ins Büro gefahren, wie jeden Tag. Und dann im Büro zusammengesackt. Nicht mehr nach Hause gekommen. Mit Aktentasche unterm Arm weggegangen. Weggeblieben. Herrn Jordan kannte man aus hundert Fußgängern sofort heraus. An seinem Gang.

Wir wohnten gegenüber der Bushaltestelle. Endstation. Ich hing so gut wie jeden Nachmittag am Fenster, den Bauch auf die Fensterbank gepresst, und beobachtete die Menschen, die aus dem »S«-Wagen stiegen. Herrn Jordan konnte man gar nicht übersehen. Seine Füße schienen sich nicht vom Asphalt zu heben. Herr Jordan schwebte dahin, als hätte er Kufen oder Rollen an den Schuhen. Wir nannten das

»hoserln«. Die Hose bewegt sich und nimmt die Füße mit. Da unten »hoserlt« Michaels Vater. Das ist alles, was ich von ihm berichten kann.
Oder Alfreds Vater. Alfreds Vater arbeitete in einer Schlosserei. Ein klein geratener, bulliger Mann. Manchmal ging er in der Schlosserkluft zur Arbeit, ganz in Blau, die Ärmel hoch gekrempelt. Alfreds Vater bog Hunderternägel mit den bloßen Händen zurecht, behauptete Alfred. Alfreds Vater zerquetschte fingerdicke Schraubenväter, bis sie nicht mehr in die Schraubenmütter passten. Mit Alfreds Vater war nicht gut Kirschen essen.
In seiner Freizeit gab der Vater dem Sohn Lektionen in Kampftaktik. Faust auf die Nase als Eröffnungsschlag. Das sei in den meisten Fällen auch schon das Ende der Auseinandersetzung. Alfred hatte das Gesicht seines Vaters. Und die Entschlossenheit. Er gewann jede Rauferei. Ich hielt mich da raus, obwohl ich zwei Jahre älter war als Alfred.
Komisch war, dass Alfred seinen Vater per Sie ansprach. Herr Vater. Jedenfalls einen halben Sommer lang. Da war Alfred schon zehn oder elf. Alfred und Andrea, seine kleinere Schwester, holten den Vater jedes Mal ab, wenn er nach der Arbeit mit dem Bus heimkam. Dann führten sie ihn über die Straße auf unseren Wohnblock zu. Und redeten per Sie mit ihm.
Mein zweiter Lieblingsort nach der Fensterbank war damals die Teppichstange auf dem Rasen vor dem

Hauseingang. Dort saß ich stundenlang herum, oben auf dem Querbalken, oder hing mit den Kniekehlen auf der unteren Sprosse, kopfüber, und schaukelte so vor mich hin. Die gingen also vorbei, Alfred, Andrea und der Schlosser. Und Alfred fragte: Wie geht es Ihnen, Herr Vater? Und der Schlosser sagte irgendwas. Und Andrea meinte: Sie haben sicher schon großen Hunger, Herr Vater. Und Vater brummte eine Antwort.

Ich weiß nicht, ob sie nur per Sie mit dem Vater redeten, wenn jemand wie ich in der Nähe war. Oder ob das zur Kampftaktik gehörte. Bevor man mit der Faust auf die Nase schlägt, verschafft man sich Respekt, indem man den Vater per Sie anspricht. Großmutter meinte, das sei nichts als Angeberei. Die hätten das in einem Groschenroman gelesen. Die spielten auf vornehm. Nichts dahinter. Nach ein paar Wochen waren der Vater und die Kinder wieder per Du.

> Herr Vater, warum melden Sie sich nicht?
> Wissen Sie nicht, dass es mich gibt?
> Schämen Sie sich, Herr Vater.
> Schäm dich, Vater!

Sebastian, der Nachbarsbub, hatte einen Vertretervater. Der war manchmal die ganze Woche unterwegs. Mit dem eigenen Auto. Hat ganz Österreich

abgefahren. In unserer Familie gab es keine Autos. Keine Männer, keine Autos.
Sebastians Vater hatte eine raue, irgendwie knirschende Stimme, wie es knirscht, wenn am Bau in einer Mischmaschine Sand und kleine Steine zerrieben werden. Glaub ich jedenfalls. Ich war ja nie am Bau. Sebastians Vater war ein guter Skifahrer, die Schwarzenbergers waren alle gute Skifahrer, auch die Mutter, auch Gabriele. Manchmal nahmen sie mich zum Skifahren mit, auf den Gaisberg, das ist unser Hausberg. Die Schwarzenbergers stürzten sich in die Tiefe. Vor allem der Vater. Als ginge es um Pokale. Ich kämpfte mit den Skiern.
Die Schwarzenbergers liefen nackt in der Wohnung herum. Alle vier. Hat mir Sebastian erzählt, eines Nachmittags, als wir gemeinsam »Nerven wie Drahtseile« mit Armin Dahl anschauten. Armin Dahl sprang durch Glastüren und kletterte auf Fahnen, die aus Hochhäusern hingen. Wir hielten den Atem an. Die Schwarzenbergers hatten lange vor uns einen Fernseher. Sein Vater habe auch solche Muskeln wie Armin Dahl, sagte Sebastian. Die Mutter habe keine Muskeln, aber kleine feste Brüste. Der Vater einen Schwanz, drei Mal so lang wie der von Sebastian. Woher er das alles wissen wolle? Weil sie immer nackt durch die Wohnung liefen. Jeden Samstag, wenn gebadet wurde. Gemeinsam gebadet. Vater und Sohn, Mutter und Tochter. Ganz normal.
Ich hatte damals noch kein nacktes Wesen gesehen,

keinen Mann, keine Frau. Nur mich selber. Eine Tote hatte ich gesehen, meine Urgroßmutter, aufgebahrt im Totenkammerl des Pflegeheimes. Aber keine Nackte. Die erste nackte Frau in meinem Leben war Daliah Lavi als Paloma in »Old Shatterhand«, im »Stadtkino«, ein paar Sekunden lang, aus größerer Entfernung, beim Baden im Fluss. 1964. Das war das Jahr, in dem ich alles hinschmeißen wollte. Schule und so. Eine Lehre beginnen, wie Anton und Johannes. Automechaniker oder Dachdecker.

Die Schwarzenbergers waren konfessionslos. Sagte Großmutter. Das war es nämlich. Wir waren Katholiken, die Schwarzenbergers waren konfessionslos. Nette Nachbarn, aber konfessionslos.

Mein Vater wäre nie nackt durch die Wohnung gelaufen. Nie im Leben.

Wie Vater mich aus der Weiberabteilung holte.

Einmal hocke ich beim Damenfriseur und krieg eine Dauerwelle verpasst. Da bin ich acht Jahre alt, grad aus der Stadt in die Vorstadt übersiedelt und hab mir mein Revier noch nicht markiert. Ich sitze beim Damenfriseur und möchte tot umfallen vor Scham.
Der Schuft heißt Daniel Afra, ist ein windiger Friseurmeister und hat mich in die Weiberabteilung verbannt, bloß weil ich gesagt habe, er solle mir meine Naturwelle, auf die ich verdammt stolz war, nicht abzwicken. Da hat mir Daniel Afra, die Bestie, Lockenwickler in die Haare geklemmt, so schnell, dass ich es gar nicht mitkriegte, und mir die Trockenhaube über den Kopf gestülpt. Ich denke, er hat mich auch gefesselt, geknebelt, mit Klebebändern arretiert. Jedenfalls hatte ich keine Chance, aufzustehen und davonzulaufen.
Ein so genannter Schulfreund, der gekommen ist, seine Mutter vom Friseur abzuholen, erspäht mich und rennt sofort los, vergisst das Mütterchen, rast durch unsere Siedlung, Bauernsiedlung, sag ich, das Arbeiterkind, heute voller Verachtung, und brüllt in alle Fenster: »Der Krämer sitzt bei den Weibern unter der Trockenhaube! Der Krämer … bei den Weibern … mit Lockenwicklern!«

Aber da kommt Vater, zertrümmert die Eingangstüre der Friseurladenbaracke, fährt Daniel Afra, dem lausigen Haareschneider, mit zwei Fingern seiner braun gebrannten Maurerhand in die Nasenlöcher und schleift ihn einen halben Tag lang durch die Straßen, von einem Fenster zum anderen, während ich hinter ihm herlaufe, die Trommel schlage und zum ersten Mal in meinem Leben so richtig glücklich bin, obwohl mir die Haare scheußlich zu Berge stehen. Aber darauf kommt's, verdammt noch mal, nicht an. Stimmt's, Vater?

Aufeinander zu, aneinander vorbei.

Vater nimmt mich mit in den Zirkus. Natürlich nimmt Vater mich mit in den Zirkus. Jeder Vater nimmt seinen Sohn in den Zirkus mit. Das ist ein Naturgesetz. Ehrensache. Tiger und Löwen fletschen die Zähne. Die Trapezkünstler schwingen in der Zirkuskuppel, kopfüber. Ein Zauberer zaubert Tauben und Menschen weg und herbei. Der Trompeter der Zirkuskapelle bläst atemberaubend schön. Direkt romantisch. Dann endlich die Clowns. Wir sind wegen der Clowns gekommen, Vater und ich.

Zwei schreiten aufeinander zu, die Hand zum Gruß ausgestreckt, Vater und Sohn. Aber dann gehen sie aneinander vorbei. Jetzt drehen sie um, schreiten abermals aufeinander zu, Hand ausgestreckt, wieder aneinander vorbei.

»Dein Vater!«, ruft der Zirkusdirektor, der wie ein Weißclown geschminkt ist, kalt und herrisch. »Dein Sohn!« Aber die beiden, der dumme August und sein Vater, dummer August senior, verfehlen einander wieder und wieder.

Jetzt rennen sie aufeinander los – »He, Alter! – He, Junger!« – sie rennen aneinander vorbei. Je schneller sie rennen, desto schneller aneinander vorbei. Sie stoppen ab, drehen sich um, strecken die Gruß-

hand aus, rennen los. Wieder nichts! Manchmal berühren sich die Außenseiten der Hände so sanft, wie der Morgenwind die Häuserwände berührt. Aber sie kriegen einander nicht zu fassen. Ums Verrecken nicht! »Nicht zu fassen!«, ruft der eine. »Nit mööööööglich!«, der andere. Dieses Ritual dauert stundenlang.
Irgendwann, weil auch Vater und Sohn einmal müde werden, straucheln sie, stolpern, purzeln, überschlagen sich. Es haut sie mit aller Wucht auf die Schnauze und auf den Hintern. Je ärger sie scheitern, desto triumphaler johlt das Publikum. Vater und Sohn, dummer August und dummer August der Ältere, aufeinander zu gehend, sich aber immer wieder aufs Neue verfehlend – das bringt Beifall, Donnerwetter. Dann verbeugen sie sich, und ich applaudiere mit Vater um die Wette. Vater redet nicht viel, schon möglich. Aber er kann lauter Beifall klatschen als jeder andere Vater. Vater und ich verbeugen uns auf dem Heimweg, vor jedem Köter und vor jeder Straßenlaterne.

Fischerlatein.

Jedes Kind muss mindestens einmal in seinem Schulleben die Mitglieder seiner Stammfamilie in Tiergestalt zeichnen. Das ist ein Lehrertrick, den sich auch Psychotherapeuten, wenn sie nicht mehr weiterkommen, ausborgen.
Ich zeichnete Mutter als junges Reh, Großmutter als ausgewachsenes Reh, Schwester als Rehkitz. Alle drei haben einen schlanken Hals und schöne, dunkle Augen. Sie grasen die Wiese ab und lassen sich die butterblumengelbe Sonne aus der rechten Ecke des Zeichenblattes auf den Rücken brennen.
Mich zeichne ich als auf den Hinterpfoten stehenden riesigen Bären, bis zu den Knöcheln im Wasser, einen mächtigen, noch zappelnden Fisch zwischen den Zähnen.
»Wo ist dein Vater?«, fragte die Lehrerin.
Ich sagte: »Der Fisch ist mein Vater, und ich hab ihn aus dem Wasser geholt, in letzter Sekunde, weil ihn gerade ein anderer Bär auffressen wollte!«
»Ich denke, du überschätzt dich«, sagte die Lehrerin und gab mir keine Benotung auf mein, zugegeben künstlerisch fragwürdiges, Werk.
Ich glaube nicht, dass ich mich überschätzt habe. Wenn die Gefahr vorüber gewesen wäre, hätte ich

Vater an der ruhigsten Stelle des Flusses wieder abgesetzt, und er wäre untergetaucht und verschwunden für immer.

So eine Art Wunderkind.

Ein Nachmittag im Fasching, ich war fast schon fünf – der heimliche Star des Kindergartenmaskenballs. Man hatte mich als Mozart verkleidet. Hellblaues Seidengewand aus dem Kostümfundus des Landestheaters (Großmutter war mit der Gattin des Herrenschneiders befreundet) samt schneeweißer Perücke und einem fetten Schönheitspunkt auf der Wange. Sah irgendwie bescheuert aus, neben den stoppelbärtigen Cowboys und Toreros, aber ich belegte souverän den ersten Platz (bestes Outfit) – immerhin der erste Preis in meinem Leben.

Ich trete aus der Kindergartenbaracke ins Freie, geschafft von der Herumschmuserei mit der weiblichen Verwandtschaft – so ein Wunderkindkostüm bringt alle irgendwie um den Verstand. Sie drücken dich, als wärst du das Original. War ich aber nicht. Ich war ein kleiner Provinzjunge im falschen Gewand, ganz nüchtern betrachtet. Konnte ja nicht einmal Mundharmonika spielen, geschweige denn Hammerklavier.

Jedenfalls … ich will ein bisschen Luft schnappen, mir die Perücke vom Kopf reißen, in aller Ruhe meine Himbeerlimo trinken – wer glaubst du, steht da plötzlich vor mir? – Vater. »Hey, Vater«, sag ich, »war

höchste Zeit! Ich wär fast gestorben da drinnen!« Vater fährt mir durch das schweißnasse Haar und haut mir kumpelhaft auf die Schulter.
»Brauchst nichts sagen«, sag ich, »ich weiß, wie ich ausschaue. Wunderknabe. – Mozart. Weiberfantasien. Aber ich hatte keine Chance, ehrlich.« Jetzt nimmt mich Vater an der Hand, führt mich zu seinem Motorrad, hängt mir das Lederzeug um, Jacke und Fliegerhaube, schwingt sich auf die Schüssel und hievt mich mit einem kräftigen Ruck auf den Rücksitz. So schnell kann ich gar nicht schauen, sind wir schon unterwegs. Es schneit. Wintergewitter – gibt nichts Schöneres, sag ich dir!
In irgendeiner Wirtshausstube, weit weg von der Faschingsgesellschaft, brüten wir über unserer gemeinsamen Zukunft. Zu zweit sind wir unschlagbar, meint Vater. Er will mit mir auf Tournee gehen. Vater bringt mich an die wichtigsten Adressen, in die vornehmsten Häuser, zu Prinzen und Kurfürsten und so. Die ganze High Society wird zusammenlaufen, wegen mir. Wir werden auftreten, abkassieren und uns ein schönes Leben machen.
»Ich bin nicht Mozart. Ich kann nicht Klavier spielen, Vater, nicht einmal Hänschen Klein.« Aber Vater lacht nur und meint: »Vergiss Mozart, vergiss das behämmerte Klavier! Bist du der Sohn des Maurerkönigs oder nicht?«
Klar bin ich das. Was sonst?
Nun gut: Vater lässt mir eine hundsordinäre Mau-

rerkluft schneidern. Hose, Jacke, gleiches Modell, wie er selber es trägt. So richtig verwittert und herrlich blau. Wir haben Flugzettel verteilt, und die Welt hat angebissen. Achtung: ein Vater samt Wunderkind unterwegs! Die Einladungen sind kaum mehr zu zählen. Wir ziehen in manch edlen Salon ein. Vornehme Gesellschaften. Die Damen fächeln sich den Schweiß von den gepuderten Gesichtern, die Herren stehen herum, als hätten sie alle Maurerbesen verschluckt.

Jetzt kommt der Auftritt. Vater kündigt mich mit allem Trara an – »Das ist mein Sohn! Der Wunderknabe aus Salzburg.« Dann wird mein Arbeitsgerät herbeigebracht und vor mir auf den Marmorboden gelegt: ein Eimer mit Mörtel, ein Eimer Wasser, Maurerwerkzeug (Lot, Kelle, Hammer, Schlägel, Traufel, Reibebrett, Wasserwaage), und ich beginne auf Kommando ein Mäuerchen aufzuziehen. Dann und wann zischt mir Vater einen Ratschlag zu, aber so leise, dass es niemand außer uns beiden hört.
Ich verspachtle, glätte, säubere die so entstehenden Mauerwerke ebenso geschickt wie gewissenhaft, was mir Staunen und Anerkennung, ja: Bewunderung der Zuschauer einbringt. Auf dem Höhepunkt unserer Show verbindet mir Vater die Augen, und ich übe meine Kunst sozusagen blind aus. Wir sind inzwischen so stinkreich, dass Vater nie mehr arbeiten muss und jetzt genügend Zeit für seine Hobbys

(Sparverein, Wirtshausstammtischrunde, Karten spielen etc.) findet.
Es ist ein verdammt gutes Gefühl, seinem Vater mit den eigenen Talenten zu einem standesgemäßen Leben verholfen zu haben.

Was gut daran ist, wenn man seinen Vater nicht persönlich gekannt hat.

Man kann sich die tollsten Geschichten über ihn ausdenken – Geschichten übers Saufen, Kämpfen, Vögeln und Verrecken.

Baumaßnahmen

Bau. Dieses ist ein sehr hartes Gefängniß ... darinnen die boßhafftigen Missethäter, Diebe etc., sehr genau verwahret, mit schlechter Kost unterhalten und zum Festungsbau aber auch anderer harter Arbeit angestrenget werden.

Großes Universal Lexicon aller Wissenschaften und Künste, Dritter Band, B - Bi, Halle und Leipzig, Anno 1733

Was ich von meinem Vater besitze.

Von meinem Vater besitze ich: kein einziges Geschenk, kein Erinnerungsstück, kein Utensil, keinen Fundgegenstand, weder Hemd noch Barthaar, keinen Kamm, keine Zahnprothese, keinen Stepptänzerschuh. Kein Messer, keinen Revolver, keine Tabakspfeife, nicht einmal einen Ziegelstein, geschweige denn Mörtel, Kelle, Wasserwaage. – Einen Brief? Natürlich nicht. Postkarte, Grußkarte, Glückwunschbillett – Fehlanzeige. Nur neun Fotografien, schwarzweiß (zwei davon mit meiner Mutter bei der Hochzeit), eine Todesanzeige, ein Sterbebildchen und das Scheidungsprotokoll. Ach ja, und ein Bein, unterm Knie abgetrennt.

Drei Zähne, eine Locke, ein Bein.

Machen wir es kurz: Ich ging in die chirurgische Fachabteilung (»Amputationen« und so) und fragte den Dienst habenden Arzt nach dem Bein meines Vaters.
»Krämers Bein?«, fragte der Mann. »Sind Sie verwandt oder verschwägert?« In meinem Ausweis stand »Krämer«. Das genügte.
»Glatter Schnitt, keine Komplikationen«, erklärte der Doc, »wir mussten knapp unter dem Kniegelenk sägen.« Dann händigte er mir das Bein aus. »Schon möglich, dass wir noch einmal ranmüssen. Aber für den Moment passt das. Hier ist das gute Stück.«
»Wissen Sie«, sagte ich, obwohl er mich gar nicht gefragt hatte, »ich sammle derartige Dinge. Bein und so. Fundgegenstände aus dem Familienleben. Erinnerungsobjekte …«

Vaters Bein wog keine vier Kilo, würde ich heute behaupten. Jede Schinkenkeule aus dem Feinkostladen wiegt mehr. In Wirklichkeit war es das halbe Bein, Unterschenkel samt Fuß, aber ich lasse mich hier auf keinen Expertenstreit ein. Nieder mit der Klugscheißerei!
Jetzt hab ich also: eine Locke, drei Milchzähne, ei-

nen Gebissabdruck von mir, aus verschiedenen Lebensabschnitten. Dann noch Mutters letzte Lesebrille und Vaters abgehacktes Bein. Grundstock für ein Familienmuseum, klein, aber fein.
Das hier ist das Bein meines Vaters. Auf diesem Bein ging er unter unserem Fenster auf und ab, während oben im ersten Stock meine Mutter mich unter Schmerzen in diese Welt presste. Das Auf-und-abgeh-Bein. Das Stepptänzerbein, mit dem er nächtelang tanzte, bis sie, meine künftige Mutter, jedwede Kontrolle über Körper, Herz und Seele verlor und sich ihm, dem rhythmischen Blender, bedingungslos hingab.
Das Maurerbein. Leiter hoch, Leiter runter. Das Soldatenbein. Zum-Standesamt-Anmarsch-Bein. Hochzeitswalzer-Bein. Das Bein, auf dem er sich aus dem Staub machte. Abhau-Bein. Beine unter den Arm und weg. Weg, weg, weg.
Vater war schneller weg, als ich auf die Welt kommen konnte. Er war mir immer einen Schritt voraus. Und als ich endlich imstande gewesen wäre, auf ihn zuzugehen, war er nicht mehr zu sehen. Obwohl er damals noch beide Beine hatte. Fluchtbeine, in andere Wirklichkeiten hinein. Junge, Junge, so ein Bein kommt ganz schön dran. Kein Wunder, dass es einem irgendwann vom Knochen fault.
»Alles klar?«, fragt der Chirurg. Dann lässt er mich mit Vaters Bein allein. Ich packe es sorgfältig ein. Der Rest ist Legende.

Ein Beinlein steht im Zimmer
in Formalin
es geht schon lange nimmer
nicht her, nicht hin
sag, wo mag das Männlein sein
von dem amputierten Bein?

Im Grab liegt es, mein Kind, zwei Meter unter der Erde. Bis zum Jüngsten Gericht liegt es dort. Dann sehen wir weiter. Was fragst du, du warst doch ohnehin bei der Beerdigung, unbekannterweise. Kannst es ja mitnehmen, vorsichtshalber, das schwarze Stück Fleisch mit den vier Zehen unten dran, zur großen Wiedererkennungsparty, später dann, im gnädigen Jahre Schnee. Dann gehst du von Einbeinigem zu Einbeinigem und hältst ihnen dein Mitbringsel an die Narbe. Irgendwem muss das verfluchte Bein ja schließlich passen.
Vater-unbekannt, ich bring dir dein Bein. Du gibst mir meinen Seelenfrieden dafür. Wär doch ein faires Geschäft unter Männern, oder nicht?

Phantomschmerzen.

»Hey, Junge, mir ist das Bein eingeschlafen.«
»Mir schläft auch manchmal ein Bein ein, Vater.«
»Ja schon, aber das amputierte?«
Keine Panik, das ist der Phantomschmerz. Den kennt jeder Verstümmelte. Ein Körperteil wird abgesägt, verschwindet aus deinem Leben gewissermaßen, aber du spürst ihn immer noch, leibhaftig. Du hast das heftige Gefühl, dich drückt der Schuh – aber du hast gar keine Zehen mehr, nicht einmal ein Bein! Du spürst dein Hühnerauge von früher. Aber da ist nur Luft und Leere. Schau hinunter, Narr. Unterhalb deines Knies gibt es dich nicht mehr.
Du sagst, tausend Ameisen liefen dir über die Wade. Du sagst, deine große Zehe sei kalt wie ein Eisklumpen. Alles nur Einbildung, Erinnerung an selige vollständige Zeiten. Du hast dich so an deinen Körperteil gewöhnt, dass er dir auch nach dem Wegsägen noch im Kopf herumspukt. Du kannst dich nicht trennen, obwohl ihr schon lange getrennt seid, du und dein Bein beispielsweise.
Man lebt mit einem Phantom. Ist das nicht aufregend? Etwas ist verschwunden, und trotzdem noch da. Schmerz ist kostbarer als Erinnerung. An Vaters Bein zurückdenken, das kann jeder Idiot. Aber an

seinem abhanden gekommenen Bein leiden, richtige ekelhafte Schmerzen leiden – das kann nur Vater. Auch so eine Kunst, die er beherrschte.

»Komisch«, sagt Vater, »mich schmerzt etwas, das es gar nicht gibt.«
»Das kenne ich, Vater«, sage ich, »und das Seltsame ist: Es hört nie auf. Nie, nie, nie. Solange man lebt. Und länger.«

Meine rechte grosse Zehe.

Einmal, Vater, ist mir ein Ziegelstein auf den Fuß gefallen, auf dem Heimweg von der Schule. Wir gingen nie den kürzesten Weg, meine Kumpel und ich, nie. Wir erkundeten die Umgebung. Wir suchten nach Abkürzungen und Abenteuern. Da war ich sieben Jahre alt und konnte sämtliche Buchstaben lesen sowie schreiben und – in großen Sprüngen – bis zehntausend zählen.

Eines Tages also lag ein Ziegelstein mitten auf unserem Weg. Im Landeskrankenhaus, dessen Gelände wir durchqueren mussten, wurde gebaut. Frag mich nicht, was gebaut wurde. Damals wusste ich nicht, dass du Maurer warst, damals wusste ich nicht einmal, wofür ein Vater gut sein sollte. Wir hoben den Ziegelstein auf (ein Ziegelstein ist halb so schwer wie eine vollständig eingeräumte Kinderschultasche, hast du das gewusst?) und spielten damit Ball.

Kurz und gut: Der Ziegelstein fiel mir auf den rechten Fuß und spaltete den Nagel meiner großen Zehe. Das tat höllisch weh, aber ein Sohn seines Vaters-unbekannt kennt keinen Schmerz. Seither wächst der Zehennagel in dieser Form nach. Nicht rund und glatt wie die anderen Nägel, sondern rau wie Schiefergestein. Gesplittert, zerklüftet. Da kann ich schneiden und feilen, wie ich will. Der Nagel meiner großen Zehe-rechts bleibt für alle Zeiten gespalten. Mein Markenzeichen. Mir müssten sie zuletzt nicht einmal ein Namensschild an die Zehe binden. Am gespaltenen Nagel könnte man mich erkennen.

Meine Ziegelzehe. Maurerzehe. Jedes Mal, wenn ich mir den Zehennagel schneide, denke ich an meinen Vater, der das Maurerhandwerk beherrschte wie kein Zweiter. Der mit Ziegeln jonglierte und sie zu prächtigen Formationen auftürmte. Es wäre denkbar, dass der Ziegel damals, Anno 57, aus seiner Werkstatt stammte, von seiner Baustelle. Die Stadt, in der wir zwei – unbekannterweise – nebeneinanderher lebten, ist ja nicht unüberschaubar groß.

Jedenfalls trage ich – wie Kälber ihren Feuerstempel – meine Ziegelzehe mit mir herum. Krämer der Maurersohn. Das ist mehr, als es scheinen mag.

Stand der Ermittlungen.

Ein Scheidungsprotokoll, eine Todesanzeige, ein Billett mit dem Sterbebildchen, neun Fotos, zwei Schauplätze: Friedhof, Stammwirtshaus. Und ein alter Seufzer aus der Kinderzeit: »Hoffentlich wird er nicht so wie sein Vater!«

Und daraus soll man sich seinen Vater zusammenreimen?

»Es gibt schwierigere Fälle«, sagt Privatermittler K. und zückt sein atemberaubend verdrücktes Notizbuch. Hat sich kundig gemacht, in meinem Auftrag. Hier seine vorläufigen Erkenntnisse: »Der gesuchte Herr K. hat nach der Scheidung, wie man so sagt, Fuß gefasst; hat gearbeitet, sporadisch am Anfang, später pflichtbewusst; hat wieder geheiratet, die zweite Ehe verläuft ohne Auffälligkeiten, Beobachter behaupten: vorbildlich. Es gibt zwei Kinder, die nichts Schlechtes über den Vater aussagen können. (Keine Schläge und so.) Bestätigen freilich die Sache mit dem amputierten Bein und den verhältnismäßig frühen Zeitpunkt des Todes (1978, im Alter von 55 Jahren).«

Der »neuen Familie« sei die Tatsache einer früheren, gescheiterten Ehe bekannt gewesen, auch von der Existenz eines Sohnes aus dieser nicht allzu lange währenden »Nachkriegsbeziehung« habe man durch den Vater erfahren. Nichts Böses, nichts Gutes, nur die Tatsache, dass.

»Wie gesagt«, sagt Detektiv K., »es gibt schwierigere Fälle. Verschwinden und Auftauchen, Unerkannt-in-der-gleichen-Stadt-Leben und Nichts-von-einander-Wissen – das sind Kavaliersdelikte, Bagatellen, strafrechtlich nicht belangbar. Schon gar nicht nach fünfzig Jahren. So was kommt in den besten Familien vor. Alles klar?« Dann werfe ich ihn die Treppe hinunter. Aber erst nachdem ich ihm das Honorar ausgehändigt habe. Ich weiß, was sich gehört.

Zwei Telefongespräche.

Es könnte sein, wofür es natürlich keine Beweise gibt, dass Vater dich gesucht hat. Am Anfang, als du noch jung warst ... an deinem ersten Schultag, den er sich ja ausrechnen konnte, an den Geburtstagen, Vatertagen (Achtung: Gefühlsfalle!), zu Weihnachten, an seinem Fünfzigsten; da lebte er ja noch. Es könnte sein, dass er dich beobachtet, aber nicht angesprochen hat, als du noch ein Kind warst; später – du hast dir ja einen Bart wachsen lassen – hätte er dich ohnehin nicht erkannt.
Es könnte auch sein, dass er dir Briefe geschrieben, diese aber nicht abgeschickt hat oder doch abgeschickt – und die Frauen deiner Familie, die sich zärtlich um dein Seelenheil gekümmert haben, fingen die Briefe und Grußbotschaften ab und warfen sie ins Feuer, mit bestem Wissen und Gewissen.
Gehen wir einen Schritt weiter: Es könnte dein Vater gewesen sein, der damals, an diesem einen Tag in deiner Kindheit, am Telefon schwieg, ehe er wortlos auflegte. Du hast abgehoben, »Krämer – hallo?«. Er hat ein paar Sekunden gewartet, du hast die Atemzüge gehört, dann hat er aufgelegt. Wahrscheinlich hat seine Stimme versagt, so was kommt ja vor. Im entscheidenden Moment versagt oft die Stimme.

Du hast ja auch einmal wortlos aufgelegt, als du seine Stimme am Telefon hörtest. »Krämer – hallo?« Dir ist damals genauso die Sprache weggeblieben, die Luft ausgegangen, die Spucke vertrocknet, die Zunge am Gaumen festgeklebt, kleiner Hosenscheißer. Was regst du dich auf? Du warst immerhin schon 28 Jahre alt – und es wäre der letztmögliche Termin einer Kontaktaufnahme gewesen. Aber das konntest du nicht wissen. Ein paar Wochen danach hast du in der Zeitung die Todesnachricht gelesen.
Vielleicht habt ihr beiden das eine oder andere Mal am Telefon ein paar Augenblicke lang gemeinsam geschwiegen. Du hast sein »Krämer – hallo?« gehört und geschwiegen. Er hat dein »Krämer – hallo?« gehört, als du ein Kind warst, und einmal noch, als du ein Gymnasiast warst. Dann hast du dir ein eigenes Zuhause gesucht, und deine wechselnden Wohnadressen hat er sicher nicht gekannt.
Es wäre also möglich, dass euer einziger Dialog, euer entscheidendes Vater-Sohn-Gespräch in diesen nahezu drei Jahrzehnten des Nebeneinanderher-Lebens in ein und derselben Stadt folgendermaßen abgelaufen ist: »Krämer – hallo?« (Atmen, Auflegen). Und Jahre später: »Krämer – hallo?« (Atmen, Auflegen).
Ob Vater wirklich der Schweiger am Telefon, damals Ende der fünfziger, später noch einmal Mitte der sechziger Jahre, gewesen ist, lässt sich nicht mehr klären. Dass du der Schweiger warst, als er »Krämer –

hallo?« flüsterte, am Ende seines Lebens, ist eine Tatsache. Durch nichts wegzuleugnen. An deinem Schweigen von damals beißt du dir heute noch die Zähne aus, feiger Hund.

Sagenhafte Verleumdungen.

Es läutet Sturm. Wer steht draußen?
Der Privatermittler K., den du wütend über die Treppe gestoßen hast. Er hat den Kopf eingebunden, das Bein eingebunden, den Arm trägt er in der Schlinge. Jetzt verhaftet er dich – schwere Körperverletzung – mehr brauchst du nicht, Junge.
Aber halt! Er verhaftet dich gar nicht. Es kommt viel schlimmer. »Wussten Sie, dass Ihr Vater einige Zeit im Gefängnis saß, ehe er sich daranmachte, Ihre Mutter zu schwängern, sprich: Sie zu zeugen?«
Man merkt, dass seine lädierte Visage schmerzt bei jedem noch so kleinen Muskelspiel. Trotzdem lacht der Detektiv jetzt – und lacht und lacht und hört nicht auf zu lachen, während er dir die Scheidungsurkunde in die Hand drückt und mit seinem gnadenlosen Mörderfinger auf diesen einen Satz pocht. Immer wieder auf diesen Satz: »Beklagter war zur Zeit der Eheschließung in Strafhaft.«
»Es handelt sich um einen Justizirrtum«, rufst du … und außerdem seist du mit jenem steckbrieflich gesuchten »Krämer« weder verwandt noch verschwägert. Dein Name sei Edler von Schweinsteufel, Amadé Mozart oder Herr Parzival. Aber nie und nimmer Krämer. Das sei erstunken und erlogen. Irgendwer

wolle dich fertig machen, das sei alles. Das schwörst du beim Bein deines Vaters, das du mit letzter Kraft aus der Museumsvitrine ziehst und in die Hass geschwängerte Luft hältst, drohend, wie eine Waffe.

Was irgendwie noch zu klären wäre.

Ein Mann, der viel Zeit in ein und demselben Wirtshaus, an ein und demselben Tisch (= Stammtisch) verbracht hat, jetzt aber auch schon wieder ein Vierteljahrhundert unter der Erde liegt, am Friedhof neben dem Wirtshaus – was ließe sich von ihm aufspüren? Und mit welchen Geräten … in der Gaststube, am Pissoir etc.? Relikte von Duftmarken, ätherisches Zeug? Feinstoffliches Irgendwas?
Schwebt der alte Knabe, der so zufrieden vom Sterbebildchen im Stammtisch-Herrgottswinkel lächelt, noch irgendwie astralleiblich, schutzengelgleich durch den Raum? Oder hat ihn endgültig der Rauchabzug Richtung Himmel weggesaugt?
Vater ist nicht mehr hier. Im Wirtshaus sind die Wunder rarer als die Salzstreuer. Aber ich bin hier. Und trinke Vaters Bier. Prost, Vater! Wissen möchte ich bloß, wer da gerade »Halt den Mund, kleines Arschloch« geflüstert hat, so leise, dass es nicht einmal die Kellnerin gehört hat. Irgendwie dreht sich alles wie im Ringelspiel, auf der Schleuderhutsche. Hilfe, bei allen Heiligen, ich verliere das Gleichgewicht. Du solltest nicht so viel saufen, Junge!

Ein Wiegenlied.

Pssssst, Bübchen, schlaf
dein Vater ist ein Graf
der hat ein stolzes Schloss gebaut
da lebt er mit 'ner neuen Braut
uns ließ er allein
das Schwein.

Pssssst, Bübchen, schweig
dein Vater ist zu feig
der schleicht sich höchstens nachts ums Haus
und hofft, du schaust beim Fenster raus
läuten würd er nie
das Vieh.

Pssssst, Bübchen, leis'
dein Vater ist ein Greis
er läuft nur mehr auf einem Bein
bald holt ihn der Gevatter ein
ist schon steif und starr
der Narr.

Pssssst, Bübchen, schlaf
dein Vater war kein Graf
er war ein Mensch aus Fleisch und Blut
der jetzt in schwarzer Erde ruht
unterm kalten Schnee
ade.

Krämer & Krämer, drei.

Trommelwirbel, Lichtwechsel. Kennmelodie. Allez hopp! – Krämer & Krämer torkeln in das Fernsehstudio. Die Moderatorin brüllt: »Hier ist dein Vater!« Tosender Applaus. Irgendwer schreit: »Action!«

Ich muss dich was fragen, Vater.
Frag nur, Sohn.
Es ist mir verflucht unangenehm.
Muss dir nicht unangenehm sein, Sohn.
Ist es aber, Vater!
Zwischen Vater und Sohn ist jede Frage erlaubt.
Also gut, Vater. Im Scheidungsprotokoll steht …
… was steht im Scheidungsprotokoll, Sohn? Dass ich Mutter geschlagen habe?
Davon ist nicht die Rede, Vater.
Dass ich getrunken habe? Zeig mir einen Maurer, der nicht trinkt.
Nein, Vater. Das ist es nicht.
Dass ich ein Spieler war. Ist es das?
Mir doch egal, Vater.
Karten spielen war meine Leidenschaft.
Interessiert mich nicht, Vater.
Manchmal, Sohn, hab ich den Wochenlohn verspielt, sofort nach der Auszahlung.

Na und? Geld ist Scheiße, Vater. Vergiss das Geld!
Deine Mutter – da warst du noch nicht auf der Welt – hat auf mich gewartet …
Hör auf, Vater!
Ich hab Gegenstände, die ihr gehörten, versetzt.
Du kannst reden, was du willst, Vater, ich halte mir die Ohren zu!
Ich spiele schon lange nicht mehr, Sohn.
Vom Spielen steht nichts im Scheidungsprotokoll!
Wozu trägst du das verflixte Scheidungsprotokoll mit dir herum?
Weil es das Einzige ist, was ich von dir besitze, Vater, außer neun Fotografien, dem Sterbebildchen und deiner Todesanzeige.

Hast du das mit der Strafhaft rausgekriegt?
Hab ich, Vater. Aber ich frag nicht danach.
Das ist ein halbes Jahrhundert her, Sohn. So was verjährt doch irgendwann.
Es ist längst verjährt, Vater.
Damit kannst du mich doch heute nicht mehr erpressen!
Ich will dich nicht erpressen, Vater. Ich will nur…
… nur was? Willst du Geld? Schmerzensgeld?
Ich will ein bisschen besser verstehen, Vater, das ist alles.
Was steht im Scheidungsprotokoll, Sohn? Damit wir diesen Kram endlich hinter uns bringen, wie zwei Männer.

Okay, Vater. Im Scheidungsprotokoll steht was von einer Geschlechtskrankheit.

»Tut mir Leid, Leute!«, brüllt die Talk-Diva in die atemlose Stille hinein, »die Zeit ist um. Und wieder einmal haben sich zwei verlorene Seelen gefunden und in die Arme geschlossen. Morgen ist auch ein Tag – neue Suche, neue Begegnungen, neue Tränen, neues Glück! Tschüss, ihr Lieben – haltet die Ohren steif, das wünscht euch eure Familienzusammenführungsagentin!«
Verbeugung, Abgang, Applaus, Lichtwechsel.

Vater schäumt. Er ballt die Fäuste und wartet, bis es stockfinster ist im Fernsehstudio. Jetzt humpelt er mit gesenktem Haupt in die Kantine. Er braucht drei doppelte Whisky, um mir wieder in die Augen schauen zu können.
Hast du mich deshalb gesucht, Sohn?
Ich hab dich gesucht, weil ich Sehnsucht hatte.
Du wolltest mich fertig machen. Späte Rache.
Nein, Vater, ganz bestimmt nicht.
Geschlechtskrankheit, sagst du?
Steht im Scheidungsprotokoll.
So ein Unsinn steht im Scheidungsprotokoll, Sohn?
»Wegen einer Geschlechtskrankheit, deren Ursache er nicht erklären konnte.«
Schwachsinn! Absoluter Schwachsinn! Außerdem geht dich das einen Dreck an.

Vergiss es, Vater. Ist nicht wichtig.
Das war vor deiner Zeit, Sohn, wenn da irgendwas gewesen sein sollte.
Es war zu meiner Zeit, Vater! Da war ich bereits in Mutters Bauch!
Steht das im Scheidungsprotokoll?
Vergiss es! Irgendwer wollte dir eins auswischen, Vater. Das ist alles.
So wird es sein, Sohn.
Papier ist geduldig, Vater. In der Bibel steht auch, wir werden erlöst.
Aber wir werden nicht erlöst, oder?
Es war ein Tippfehler. Garantiert. Eine ganz falsche Scheidungsurkunde. Die gehört einem Wildfremden. Oder nein, jetzt seh ich es erst: Das ist gar keine Scheidungsurkunde – das ist eine Drehbuchseite, zu einer Filmtragödie. Das hat nichts mit uns zu tun, Vater. Nichts. Es ist unnützes Zeug, ich werfe es weg, heute noch.
Danke dir, Sohn. Bist ein guter Sohn.
Keine Ursache, Vater. Keine Ursache.

»Caprifischer«, gepfiffen.

Vater: der Schwerenöter, Schürzenjäger, Herzensbrecher, Lebemann, Salonlöwe, Verführer, Blender, Frauenliebling, Gigolo, Don Juan, Bonvivant, Belami, Playboy, Ladykiller, Luftikus, Lüstling, Lustmolch, Hurenbock, Weiberheld.

Mutter war bereits verheiratet. Da kam Vater. Und lächelte. Mutter hatte keine Chance. Mutters Mann war im Krieg, immer noch. Kriegsgefangenschaft. Keiner wusste, ob er zurückkommen würde, Russland war die Hölle, sagt man. Mutter war jung und schön, eine Romantikerin mit Sehnsucht nach Musik, Sonnenuntergängen und ein bisschen Geborgenheit nach der Sache mit Hitler. Mutter hat zwei Brüder und einen Stiefvater verloren.

Da wünscht man sich dreifach das Leben. Tanzen, Flirten, Ruderboot fahren, bisschen Kino gehen … und wenn der eigene Mann, die arme Haut, zur selben Zeit im Gefangenenlager dürstet, friert oder vor Sehnsucht krepiert. Das verstehst du nicht, hätte Mutter gesagt, wenn wir darüber geredet hätten. Aber ich hätte es verstanden, jedes Wort, jeden Kuss. Vater kannte alle Tricks, Autoverkäufertricks … obwohl er selber nicht einmal den Führerschein gemacht hat, ich auch nicht. So einer verkauft alles,

alles, obwohl er gar nichts verkaufen will. Er will seine Ruhe. Tanzen, Flirten. Nicht mehr, nicht weniger. Mutter hätte ihm ein kaputtes Grammophon aus dem Jahre Schnee abgekauft, wenn er vor der Türe gestanden wäre, mit nichts als einem kaputten Grammophon in der Hand und seinem Bubenlächeln im Gesicht. Er hätte, ohne dass die geringste Lippenbewegung zu sehen gewesen wäre, die »Caprifischer« gepfiffen, lautlos fast, hohl und rau, aber Mutter hätte ihm auf der Stelle ihre gesamten Ersparnisse geschenkt.

Vater hatte nicht einmal ein Grammophon zu verkaufen. Nur sein Lächeln. Und die »Caprifischer«. Als Mutters Gemahl, den sie sehr lieb hatte, aus der Kriegsgefangenschaft zurückkam, saß mein künftiger Vater in der ehelichen Wohnung und wollte nicht mehr heimgehen. Alles, aber nicht heimgehen. Bitte, nicht heimgehen müssen! Mutter saß zwischen den Stühlen und wusste nicht ein, nicht aus. Sie war beiden gleichermaßen zugetan, und ihr Herz gehörte dem einen wie dem anderen: dem Heimkehrer mit der verwundeten Seele und dem Stepptänzer, der später mein Vater werden sollte. Vater blieb; Mutters Mann ging.

Wenn sie aufeinander losgegangen wären, mit Prügeln, Messern, Fäusten – Vater hätte den Kürzeren gezogen, jede Wette. Und mich gäbe es nicht. Vater hatte den Krieg schon vergessen, Vater war wieder mit dem Tanzen beschäftigt, mit dem Nachpfeifen der Saisonschlager, Kämpfen war ihm fremd geworden. Vater lag lieber in Mutters Armen und träumte von warmen Sommertagen. Mutters Mann war zu müde, den Widersacher mit der Handkante zu töten. Ging einfach.

Natürlich musste eine Entscheidung fallen. Eine Frau und zwei Männer! Kurz und gut: Mein Vater siegte kampflos. Scheidung, neue Hochzeit. Vater, der Küsserkönig. Ach, ich kenne seinen romantischen Blick vom Sterbebildchen. Gegen diesen Blick gibt es keine Argumente, keinen Zauber, keine Rechtsmittel.

Vaters Blick genügte. Für seine Pfeiferei (»Wenn bei Capri die rote Sonne im Meer versinkt ...«) verschenkte Mutter ihr Herz, ihre Sicherheit, ihren Seelenfrieden. Aber das hat sie nicht gewusst, damals. Und wenn sie es gewusst hätte, wäre es ihr egal gewesen. Völlig egal. Vater verkaufte Mutters Sachen, um seine Spielschulden zu begleichen. Da war schon alles zu spät.

Ein Kind der Liebe.

Jetzt denkst du vielleicht, Maurer sind grobe Klötze. Aber das stimmt nicht. Du glaubst, die haben einen Ziegelstein in der Brust. Das ist nicht wahr. Du kennst meinen Vater nicht. Ich bin in einem Ruderboot gezeugt worden, Juni 49, im Abendrot, auch wenn es niemand zugeben wird. Auch wenn sich keiner mehr erinnern kann. Es muss so gewesen sein. Ich bin ein Abendrotkind, ein Kind der Liebe.

Der Richter ist ein Idiot, Vater!

Maurer. Das war nicht der Traumberuf meines Vaters, wie Buchhalterin nicht der Traumberuf der Mutter war. Ich habe meinen Traumberuf. Ich träume davon, wie es gewesen wäre. Mein Vater der Tänzer, meine Mutter die Akkordeon-Virtuosin. Meistens schlafe ich traumlos.

Vater steht unten, vorm Haus.
Vor meinem Mutterhaus steht keine Linde. Überhaupt keine Bäume in Sicht. Vor dem Häuserblock liegt eine Straße. Mit Bürgersteig. Und auf dem Bürgersteig geht der Vater auf und ab, dieses Zettelchen in der Hand. »Es ist ein Bub, er wird Martin heißen.« Mutter hat es ihm aus dem Fenster zugeworfen, kurz nach der Entbindung, als sie wieder auf die Beine kam. Vater hat gepfiffen, die »Caprifischer«. Vater singt nicht, Vater pfeift, das ist tausendmal romantischer. Mutter schrie sich die Seele aus dem Leib. Dann hab ich losgebrüllt. Mein erster Schrei. Hat man mich gehört, durchs Doppelfenster, auf der Straße unten? Vater hat man pfeifen gehört, oben im Geburtszimmer, als alles vorbei war und die Fenster geöffnet wurden.
Wir sind im zweiten Stock, Vater, du kennst ja die

Wohnungstüre. Du warst doch hier zu Hause, eine Zeit lang. Die Hebamme trinkt schon Kaffee mit der Großmutter, drüben in der Küche. Alles vorbei, die Laken sind ausgewechselt, und ich bin gebadet. Ich bin blau zur Welt gekommen, Vater, tintenblau am ganzen Körper, »ausgebacken«, überreif. Ein blaues Baby, akuter Luftmangel, aber die haben das hingekriegt.

Vater kommt nicht. Vater darf nicht kommen. Vater hat Hausverbot. Die Brücken sind abgebrochen, das Leben ist geteilt durch zwei. Da ändert ein Dritter nichts mehr. Es gibt keine Zukunft. Ein Sohn ist kein Friedensstifter.

Gegen Abend kommt Vater hoch. Nimmt all seinen Mut zusammen und klopft an der Türe. Großmutter drückt ein Auge zu. Großmutter vergisst für ein paar Minuten die letzten Monate und lässt Vater in die Wohnung. Mutter legt Vater den Knaben in den Arm. Vater lächelt. Anders geht das gar nicht. Der Knabe wiegt vier Kilo fünfundfünfzig. Ein strammer Junge, oder? Ich bin schwerer gewesen, vier Kilo neunzig, sagt Vater. Dann legt er das Kind zurück in die Arme meiner Mutter, für immer.

Zeitsprung: Der Bub ist sechs Jahre alt und liegt in Mutters Bett. Ein Sonntag. Schlagoberstag. Sonntag war immer Schlagoberstag. Die anderen Tage: Tage ohne Luxus. Sonntags gab es Marmorkuchen und Schlagobers, handgemacht, mit dem Rührbesen ge-

schlagen. Schlagobers im Bett, in Mutters Bett. Die Glocken zwingen die Nachbarn in die Kirche. Im Stiegenhaus: ein Gepolter und Gemurmel auf einmal. Aber wir gehen nicht zur Kirche. Wir bleiben liegen, die Mutter und die Kinder. Großmutter kocht bereits, und wir liegen immer noch im Bett und träumen. Es schmeckt nach Schlagobers und riecht nach Sauerkraut.
Im Radio singt Wolfgang Sauer. Schon wieder. Jeden Sonntag singt Wolfgang Sauer. Wie auch Rudi Schuricke jeden Sonntag singt. Und Gerhard Wendland. Rudi Schuricke singt die »Caprifischer«. Da singt dann Mutter mit, und mir krampft sich das Herz. So schön klingt das. Mutter singt gut. Mutter hat eine wunderbare kleine Stimme. Mutter spielt auch Akkordeon, aber nur manchmal und so leise es geht, wegen der Nachbarn.

Später einmal, da bin ich fast acht, bringt mir das Christkind ein Instrument, das nur meine Mutter spielen kann und niemand anderer. Das Instrument ist in Weihnachtspapier eingewickelt, und ich denke mir vor dem Auspacken: Das ist also der Matador-Baukasten! Es ist aber die Kinder-Stössellaute. Mutter unterrichtet mich an den Wochenenden oder am Abend, wenn sie vom Büro heimkommt. Die Stössellaute ist so groß wie eine kleine Zither oder wie eine Gitarre ohne Hals. Und ich bin der einzige Zweitklässler, der darauf spielen kann.

Ich besitze ein Foto, das zeigt Mutter beim Spielen auf der Kinder-Stössellaute, in der Klosterschule, gemeinsam mit sechs anderen Mädchen. Mutter wird so sieben oder acht Jahre alt sein. Bildschön! Anfang der dreißiger Jahre. Das ist die Zeit, als Vater, drüben in der Scherzhauserfeldsiedlung, betteln geht. »Bitte um einen Groschen! Bitte!«
Die Saiten der Stössellaute heißen von der tiefsten bis zur höchsten: G-Saite, B-Saite, D-Saite, f-Saite, a-Saite, c-Saite, e-Saite. Das ist leicht zu merken: »Gib bitte der Frida auch Citronen-Eis«. Aus der »Schule für Stössel-Lauten aller Art« von Wilhelm Weber, Konzertmeister und Musikdirektor in Köln, lernen wir, erst Mutter, später ich, folgende Lieder: »Der Kuckuck und der Esel«, »Freiheit, die ich meine«, »Das Wandern ist des Müllers Lust«. Auf Seite 104 hat jemand den Titel »Deutschland, Deutschland über alles« durchgestrichen und mit der Hand »Bundeshymne« hingeschrieben.

Wolfgang Sauer also. Im Wunschkonzert, gleich nach den Vermisstensuchmeldungen des Roten Kreuzes. Hunderte Männernamen werden vorgelesen. Familienname, Vorname, Alter, »zuletzt gesehen in …«
Es ist totenstill in unserer Küche. Sonntagsstille. Nach den Schlagoberstväumen die Suchmeldungen. Mutter und Großmutter horchen, manchmal zucken sie zusammen oder schauen sich wortlos an.

Am Schluss der Verlautbarungen immer dieser Satz: »Wer Auskunft geben kann über den Verbleib ...« Und dann singt Gerhard Wendland »Bleib so, wie du bist«, und Willy Schneider singt »Schütt die Sorgen in ein Gläschen Wein«. Und Wolfgang Sauer singt »Mütterlein, Mütterlein, könnt' es noch mal so wie früher sein, als du mich mit deiner lieben Hand geführt durchs Kinderland ...«

Die Weiber heulen, immer das Gleiche, Sonntag für Sonntag. Die ganzen fünfziger Jahre hindurch. Komm rauf, Vater, und erzähle einen hundsordinären Maurerwitz! Aber du kommst nicht rauf. Und wenn, würden sie dich nicht zur Türe hereinlassen. Du hast jetzt deine eigene Familie, eine neue Frau, zwei Kinder. Erinnerst du dich an meinen Namen? Er fängt mit M an. Du hast doch ordinäre Maurerwitze drauf, oder? Mir geht jeder ordinäre Witz daneben. Ich erröte noch vor der Pointe.
»Mütterlein« – das hat ein gewisser Gerhard Winkler komponiert. Ich weiß das von dieser CD, »Südliche Nächte, unsterbliche Melodien von Gerhard Winkler«, aus dem Nachlass der Mutter. Für seine Mutter hat er das komponiert, zum fünfundsiebzigsten Geburtstag. Die »Caprifischer« sind auch von Gerhard Winkler, ebenso wie »Schütt die Sorgen in ein Gläschen Wein«. Zur Melodie von »Mütterlein« gibt es eine zweite Textvariante. »Glaube mir«. Es singt wieder Wolfgang Sauer. »Glaube mir, glaube mir, meine

ganze Liebe gab ich dir, warum wendet sich dein Herz von mir, sag, was kann ich dafür?«
Wir zwei heulen nicht los, Vater. Ist ja nur ein Lied. Das Ende einer Beziehung. So was kommt vor. Sie hat ihn verlassen. Und er fragt sich, warum. Ihr habt euch doch geliebt, Mutter und du? Oder nicht?

Der Richter hat gesagt: Der Krämer wird sich nicht ändern. Das war vor der Hochzeit, für die du Hafturlaub bekommen hast. Er behauptete also, du würdest dich nicht ändern. Du würdest weiter Karten spielen, weiter mehr trinken, als dir gut tut, auch in Zukunft nicht arbeiten. Ich weiß das von Mutter, das hat sie mir gebeichtet, kurz nach ihrem 75. Geburtstag, ein halbes Jahr vor ihrem Tod. Aber du hast gesagt: das stimmt nicht. Ich spiele nicht mehr, ich trinke nicht mehr, ich gehe regelmäßig zur Arbeit, schon meiner künftigen Frau, meiner künftigen Kinder wegen. Glaube mir, hast du gesagt. Glaube mir. Und Mutter hat dir geglaubt. Deine Augen! Glauben Sie ihm nicht, sagt der Richter. Glaube mir, sagst du. Der Richter ist ein Idiot, Vater! Was weiß der von unserer Willenskraft. Mutter glaubt dir, darauf kommt es an. Ihr liebt euch, das ist wichtig, sonst nichts. Keine Haftstrafe, keine Warnungen von Unbeteiligten. Dann werde ich gezeugt. Aber ein paar Monate später ist alles vorbei. Jetzt glaubt dir niemand mehr. Ich bin noch in Mutters Bauch. Wir haben uns kurz vor meiner Geburt aus den Augen verloren, du und ich.

Wenn ich heulen will, dann lege ich mir eine Pharoah-Sanders-Platte auf. Das ist ein Jazzsaxophonist, Vater. Wirst du nicht kennen, war nach deiner Zeit. Immer wieder diese Nummer: »Answer me, my love«. Weißt du, wer das komponiert hat? Gerhard Winkler. Und weißt du, was das ist? – »Glaube mir« oder »Mütterlein«. Genau die Melodie. Schlagobers-Jazz. Ich gehe nicht in die Kirche, das sollen die Nachbarn machen. Ich horche mir Pharoah Sanders an, der ist mir heiliger. Diese Seufzer. Ich bin auch so ein Narr, Vater.

»Mütterlein, Mütterlein, könnt' es nochmal so wie früher sein ...« Komm, Vater, wir unterbrechen die Sendung mit einem hundsordinären Maurerwitz. Ein Maurer und sein Sohn ...

Ist der Witz gut, kannst du wieder kommen. Ist er schlecht, rufe ich die Polizei.

Wer verliert, muss Rosi vögeln.

»Ich muss nach Hause«, sagt Vater. »Meine Frau ist schwanger.«
»Na und?«, sagt Vaters Kumpel, der Taugenichts.
»Ich gehe jetzt«, flüstert Vater.
»Ein Spiel noch, Alter!«
Das ist der zweite Kumpel, Nichtsnutz mit Namen. Der Dritte, er heißt Tunichtgut, sagt nichts; er knallt nur die Spielkarten auf den Tisch, dass die Rauchfahnen zu tanzen beginnen.
»Ich gehe jetzt …«
»Hasenfuß!«
Aber Vater ist kein Hasenfuß. Vater bleibt.
»Wer verliert, muss Rosi vögeln!«
Rosi lacht nur und gießt den Männern Schnaps nach. Rosi ist es egal, wer verliert. Am Schluss gewinnt immer irgendwer das Geld, ein anderer Rosi. Das hat nichts zu bedeuten. Die Zeiten sind lausig, das hier ist eine Arbeitersiedlung – und wer nach Hause gehen will, kann ja nach Hause gehen. Wer wegschauen will, soll wegschauen, verflucht noch mal.

Natürlich weiß Mutter, was Vater in diesem Augenblick treibt – er spielt Karten. Mit Taugenichts,

Nichtsnutz und Tunichtgut, seinen Kumpeln. Das von Rosi weiß sie nicht. Vater spielt jeden Tag Karten, und nicht erst am Abend. Seit Vater keiner Arbeit mehr nachgeht, spielt er schon am Nachmittag. Einmal hat ihn seine Schwiegermutter (meine Großmutter) von der Kartenrunde weggeschleppt. Stand plötzlich in der Türe, rief seinen Namen, und Vater ging mit. Das gab ein Gelächter. »Ein zweites Mal macht sie mir das nicht«, schwor Vater am nächsten Tag. Und das klang so, als ob es ihm ernst gewesen wäre.
Vater bleibt also sitzen, obwohl er gehen möchte. Oder müsste. Er schüttet den Schnaps in die Kehle und schenkt sich neuen ein. Von einem Weib lässt er sich nicht mehr bloßstellen. Nie mehr. Vater steckt sich die nächste Zigarette an, jetzt ist wieder alles klar. Eine Runde spielt er noch, die letzte Runde; dann wird er nach Hause gehen, zu Mutter, die mich im Bauch trägt immerhin.

Das Spiel läuft nicht, wie Vater es möchte, es geht auf den letzten Groschen zu. Wenn der letzte Groschen verspielt ist, hat Vater immer noch ein paar Schmuckstücke dabei, von Mutter.
Mutter weiß von nichts. Ist ja nur vorübergehend, bis das Blatt sich wendet. Das Blatt wendet sich unter Garantie. Am Schluss wird Vater der strahlende Sieger sein; dann bringt er Mutter die Schmuckstücke, die sie noch gar nicht vermisst hat, zurück – samt einer

Hand voll neuer, kostbarer. Für dich, Liebste. Auf das Kind! Bald ist das Glück vollkommen.
»Schnaps!«, brüllt Vater. Vater verliert. Vater muss Rosi vögeln. Aber das hat nichts zu bedeuten. Das gehört zum Spiel.
»Ich muss nach Hause«, murmelt Vater. »Meine Frau ist schwanger. Wir wünschen uns einen Sohn.«
Vater geht nach Hause. Mutter schläft. Gott sei Dank. Vater würde jetzt gern seine Hand auf ihren Bauch legen. Einfach so. Aber die Hand zittert; zittert wie im wildesten Fieber. Zittert, dass Vater nicht einmal ein Messer halten könnte, um sich die Pulsadern aufzuschneiden, beispielsweise.

Krämer & Krämer, vier.

Kein Trommelwirbel, kein Lichtwechsel, keine Kennmelodie. Krämer & Krämer sitzen in der Kantine des Fernsehstudios, alle anderen sind längst gegangen. Sie schauen sich nicht in die Augen, während sie reden.

Scheiße, Vater, das war wirklich das Allerletzte.
Geschlechtskrankheit. Das bringt dich aus der Fassung, Sohn, stimmt's?
Du vögelst mit irgendeiner Nutte herum.
Du hast nie mit einer Nutte herumgevögelt, Sohn?
Darum geht es nicht.
Worum geht es dann?
Um deine Geschlechtskrankheit.
Weißt du, wie viele Männer …
... das ist mir egal, Vater. Mutter war schwanger. Ich war in ihrem Bauch. Dein Kind. Und du versetzt ihren letzten Schmuck, spielst mit deinen halbseidenen Kumpeln Karten und vögelst in der Gegend herum, als würde es uns nicht geben!
He, Junge, mach halblang. Ich habe für euch gespielt, für Mutter und dich. Für eine bessere Zukunft. Wir hätten eine Chance gehabt, ewiges Glück, mein Sohn.

Wir haben keine Chance gehabt, Vater. Nicht den Funken einer Chance.

Eine einzige falsche Karte. Schon war das Glück dahin. Das ist Pech, Schicksal. Nenn es, wie du willst, Sohn. In einer Sekunde von Glück auf Unglück. Heute Glück, morgen Pech. Übermorgen wieder Glück.
Tatsache ist, dass ihr euch getrennt habt, Mutter und du, nach dieser Geschichte. Für immer.
Tatsache ist, dass mich deine Großmutter nicht mehr in die Wohnung gelassen hat. So ist das, Junge. Ich bin auf den Knien gelegen. Ich hab alle Schwüre der Welt geschworen. Glaube mir! Ich hätte auf der Stelle sämtliche Spielkarten verbrannt und im Versatzamt alles, was deiner Mutter gehörte, zurückgekauft. Und wenn ich dafür Tag und Nacht arbeiten hätte müssen. Das hätte ich getan. Für dich, für deine Mutter. Aber die Alte hat mir die Türe versperrt.

Hast du gekämpft um uns, Vater? Um Mutter, um mich, um die Liebe, um die Zukunft, um das Glück? Hast du irgendwie gekämpft?
Gekämpft. Natürlich habe ich gekämpft. Aber der Drachen hat Feuer gespien. Und ich bin auch nur ein Mensch. Deine Mutter hätte mir verziehen. Wir hätten das Ende dieser vermaledeiten Krankheit abgewartet. Dann wären wir tanzen gegangen, Wange

an Wange. Deine Mutter tanzte wie eine Göttin. Wir hätten uns gegenseitig geheilt an Leib und Seele.
Blablabla! Geh zurück in deinen Groschenroman, Vater. Lüg dich in den eigenen Sack. Aber verschone mich mit deinen Sprüchen. Ausreden! Märchengeschichten! Du hast dir den Tripper geholt, während ich in Mutters Bauch heranwuchs. Mutter war dir egal. Ich war dir egal. Mein ganzes Leben lang war ich dir egal. Du hast mich vergessen. Weißt du, was das heißt, vom eigenen Vater vergessen zu werden? Von einem Vater, der in derselben Stadt lebt, in Rufweite, einen Steinwurf entfernt?
Sie hat mich nicht in die Wohnung gelassen.

Wärst du Manns genug gewesen, dir die Adern aufzuschneiden, damals, dann könnte ich dich wenigstens betrauern. Bedauern und betrauern. Bewundern für deinen Mut. Aber so?
Ich hab alles auf mich genommen, Sohn.
Du hast alles auf dich genommen. Okay. Du hast alles zugegeben. Du hast dir auf die Brust geklopft – »Ja, ich habe gesündigt, meinetwegen.« Im Scheidungsprotokoll steht: »Der Beklagte gab das Klagsvorbringen als richtig zu.« – Aber das war auch schon alles, Vater!
Was hättest du denn gemacht, an meiner Stelle, Junge?
Ein Wort, Vater. Ein einziges Wort. Aber du hast das Maul nicht aufgebracht. Du hast geschwiegen, du

hast in dich hinein geschwiegen. Wir sind aneinander vorbeigegangen, ohne uns wahrzunehmen! Hinter mir die Sintflut, hast du dir gedacht. Dass über alles Gras wächst, hast du dir gedacht. Dass irgendwann Schluss sein muss mit den Fragen, hast du dir gedacht. Und irgendwann bist du von der Bildfläche verschwunden. Du hast eine neue Familie gegründet, du hast dich erfangen, du bist solide geworden, was immer das bedeuten mag. Ein liebevoller Vater, wie der Grabredner sagte. Ich stehe oft an deinem Grab, Vater! Ich kenne dein Vampirgesicht, das dir Wind und Wetter auf den Grabstein gezeichnet haben.

Soll das heißen … du zündest mir die Kerzen an?

Ich zünde dir die Kerzen an, ich würde dir die Knochen in Brand stecken, wenn ich könnte. Über die Toten nichts Schlechtes. Natürlich nicht. Wenn einer tot ist, hat er ein Recht auf eine gute Nachrede. Oder auf gnädiges Schweigen. Ich schreibe dich in den Himmel, Vater. Aber zuerst muss ich dich in der Hölle schreien hören, verstehst du? Nur das Beste über meinen Vater. Nur das Beste!

Abendgebet.

Ach, Vater! Hättest du mir bloß die Haut vom Leib gerissen, hölzerne Nägel in meine Fingerkuppen getrieben, mir die Zähne ausgebrochen, mir die Zunge durchgeschnitten, mir die Augen kaputtgestochen, mich auf das Rad gespannt, mir die Gebeine zerschmettert, dass das Mark herausgeflossen wäre, mich in einen Kessel voll siedenden Bleis gesetzt, mich in einen Kessel voll kochenden Teers gesteckt, mich mit Ruten geschlagen, mich mit Bleiklötzen geschlagen, mich an den Haaren aufgehängt, mir den Körper zerfleischt mit Geißelhieben, mir Salz und Essig in die Wunden gerieben, mir gelöschten Kalk in die Wunden gerieben, mir raue Steine in die Wunden gerieben, bis die Eingeweide freigelegen wären, mich am Rost gebraten, mich ins Feuer geworfen, mich in den Brunnen geworfen, mich mit Öl, Pech und Fett übergossen, mich mit Pfeilen beschossen, mich mit Stricken erhängt, mir den Kopf abgesäbelt, mich in sieben Teile gesägt, mich den Hunden und Wölfen, zwo Löwen und vier Bären gleichzeitig zum Fraß vorgeworfen. Alles, meinetwegen. Alles und hundertmal mehr.

Aber abhauen? Abhauen und schweigen?

Fassaden

Fassade: die Außenseite (Schauseite) eines Gebäudes, von der Baukunst oft durch Zierrat und besondere Gestaltung (Türme, Giebel, Risalite, Portale) hervorgehoben. Die Fassade entspricht in ihren Ausmaßen oft nicht dem dahinterliegenden Raum.

Der große Herder, 3. Band, Drehachse bis Geopolitik, Freiburg 1954

Liliom bittet um Verzeihung.

Ich nehme Vater mit ins Theater. Natürlich nehme ich Vater mit ins Theater. Jeder Sohn nimmt seinen Vater mit ins Theater. Das ist ein Naturgesetz. Ehrensache! Vater trägt den zimtfarbenen Tweedanzug von damals, als er Mutter zum Tanzen ausgeführt hat, das erste Mal.

Kennst du den Liliom, Vater? Das ist einer wie du. Eine Theaterfigur, aber sonst – genau wie du. Der Schriftsteller Molnár hat sich den Liliom ausgedacht, um das Jahr 1910 herum, vor deiner Zeit. Da bist du noch mit den Mücken geflogen, wie es bei uns heißt; da war dein Vater noch kein Prügler und Abhauer. Da war die Welt (ohne uns) noch in Ordnung. Noch nicht einmal Krieg.

Liliom ist ein Hutschenschleuderer, der Ringelspielkönig vom Budapester Stadtwäldchen. Hebt die Mädchen auf die Schaukel und schwingt sie in den siebenten Himmel. So einer ist der Liliom. Könnte jede haben, wenn er wollte. »Mir fehlt's nicht, wenn ich eine brauche«, sagt er zu Julie, dem Mädchen, das bei ihm bleibt, mitten in der Nacht, im Budapester Stadtwäldchen, nachdem Liliom seinen Job als Hutschenschleuderer verloren hat. Wegen Julie, weil die Ringelspielbesitzerin eifersüchtig ist auf das

junge, hübsche Kind und den Liliom rausgeschmissen hat, einfach so.
Jetzt tritt auch noch der Stadthauptmann auf und versucht dem Mädchen klarzumachen, was der Liliom für einer ist, in Wirklichkeit: »Ein Dienstbotenverführer ist der Kerl! Armen Dienstmädchen verspricht er die Heirat und prellt sie um das Geld und um den Ring!« Aber das schreckt die Julie kein bisschen. Sie ist ihm längst verfallen. Rettungslos. Außerdem besitzt sie gar keinen Ring.
Ich liebe den »Liliom«, Vater. Wo immer sie den »Liliom« spielen, gehe ich ins Theater. Hans Albers hat den Liliom gespielt, mehr als tausendmal, Josef Meinrad hat den Liliom gespielt, der Conrads, der Lohner, der Juhnke.
Ich weiß nicht, ob du dich für das Schauspiel interessiert hast. Oder für die Literatur. Ob du ins Theater gegangen bist. Vielleicht hast du Groschenromane gelesen und später dann nur mehr in den Fernseher gestarrt, wenn du von den »Drei Hasen« heimgekommen bist. Ist auch egal. Geht mich nichts an.
Julie bleibt bei Liliom. Jetzt wohnen sie bei der alten Frau Hollunder, einer Verwandten des Mädels. »So ein starker Mann und liegt den ganzen Tag auf der faulen Haut«, sagt sie über ihn. »Lumpiger Tagedieb«, sagt sie. Und »Nichtsnutziger Galgenstrick«, sagt sie. »Taugenichts! Lumpenkerl! Vagabund!« Aber das Mädel, die Julie, hält ihm die Stange, verzeiht ihm alles, sogar dass er die Hand gegen sie

erhebt. »Er hat's gar nicht gern, dass er so gar nichts arbeiten tut. Deshalb hat er mich auch am Montag geschlagen ... weil ihn das kränkt«, erzählt die Julie ihrer besten Freundin, der Marie. So sehr liebt sie ihn, Vater.

Dann gibt es noch diesen Scheißkerl Ficsur – ein Nichtsnutz, ein Taugenichts, ein Tunichtgut. Hat immer die Spielkarten dabei, und Liliom kann sich nicht dagegen wehren. »Die Nacht durchsaufen und Karten spielen, das kann er«, murrt die alte Hollunder. Aber da ist alles längst zu spät. Da hat das Schicksal bereits seinen Lauf genommen.

Julie wird schwanger, von Liliom, von wem sonst. Jetzt wenn man Geld hätte, denkt Liliom, für die künftige Glückseligkeit zu dritt. Abhauen, nach Amerika gehen, ein ganz neues Leben anfangen. Aber er hat kein Geld, und zur Ringelspielbesitzerin geht er nicht zurück. Justament nicht. Und wenn sie ihm den dreifachen Lohn zahlte. Alles, aber nicht dorthin zurück, wo man ihn rausgeworfen hat. Liliom überfällt mit Ficsur den Kassierer der Lederfabrik, der den Wochenlohn für die Arbeiter bei sich trägt. Oder tragen soll ... oder will ihn überfallen, bei Einbruch der Dunkelheit.

Es kommt alles ganz anders. Und plötzlich ist die Polizei zur Stelle. Der Liliom freilich, bevor sie ihn verhaften können, ruft mit lauter Stimme: »Julie, mein kleines Mädel ... mein Käfer ... du ...« – und dann stößt er sich das Küchenmesser, das er für alle Fälle mitgenommen hat, in den Bauch. Das ist er seiner Ehre schuldig. Fangen lässt er sich nicht, der Liliom. Vorher bringt er sich um. So einer ist der nämlich. Sie bringen ihn heim zu Julie. Er bittet, sterbend, um Verzeihung. Julie verzeiht. »Ich bin ja wirklich ein Saukerl«, sagt der Liliom mit gebrochener Stimme, auf der Tragbahre, die sein Sterbebett sein wird, »... sag dem Kind, dass ich ein Schuft war ...«, flüstert der Liliom. Julie hält ihm die Hand. »Servus ... Mädl ...« Dann sinkt er langsam zurück. Dann stirbt der Liliom, der ein schlechter und ein herzensguter Mensch war, einer der Pech gehabt hat, einfach Pech. Der kleine, miese, arbeitsscheue Vorstadtganove. Viel zu gering für die Julie. Aber trotzdem hat sie ihn geliebt, und das ist alles. Das ist, verdammt nochmal, alles.

Nach der Vorstellung gehen wir was trinken, Vater. Theaterkantine. Ich lade dich ein. Ehrensache. Dann reden wir über alles, über den Liliom und über uns. So ein armer Kerl, oder? Der tut mir richtig Leid, der Liliom. Beim »Liliom« komme ich jedes Mal fast ins Heulen, jedes Mal. Aber wir heulen nicht, Vater, oder? Wir schauen hin, bis es schmerzt. Aber wir heulen nicht.

Die nächste Szene spielt im Jenseits, Vater. Das hat sich der Dichter so ausgedacht. In einer Amtsstube, im Zimmer der Selbstmörder. Einer hat sich am Fensterkreuz erhängt, ein anderer hat es mit dem

Revolver getan. Der Liliom mit dem Küchenmesser. »Bereuen Sie, Weib und Kind treulos verlassen zu haben, ein schlechter Gatte und ein schlechter Vater gewesen zu sein?«, fragt der Himmelspolizist.
Aber der Liliom bereut nichts. »Ich hab halt nicht arbeiten können«, sagt er. »Tut's dir Leid«, fragt man ihn. »Gar nichts tut mir Leid«, antwortet er. Das ist der Stolz.
Was anderes ist ihm ja nicht geblieben.
Der Liliom wird zu sechzehn Jahren Fegefeuer verurteilt. Aber nach diesen sechzehn Jahren darf er für einen Tag zurück auf die Erde. »Und wenn du deinem Kind etwas sehr Schönes ... was ganz Herrliches erwiesen hast, dann ...« Dann darf auch einer wie der Liliom, der stolze Sturschädel, in die himmlische Seligkeit eintauchen, für immer und ewig.
Was sehr Schönes, was ganz Herrliches für das Kind. Jetzt kehrt er also zur Erde zurück, der Liliom. Zur Julie und zum Kind; er gibt sich nicht zu erkennen. Das darf er nicht. Man hält ihn für einen Bettler. »Wieder ein Bettler«, sagt die Julie. »Was wollen Sie, armer Mann?« Aber er will nichts. Keinen Groschen. Nur was sehr Schönes, was ganz Herrliches möchte er tun.
Natürlich weiß das Kind nicht, dass der arme Mann sein Vater, der Liliom, ist. Der Vater tut so, als habe er diesen Liliom gekannt, früher einmal. »Hat er Späße gemacht?«, fragt das Kind. »Oh, und ob«, antwortet der Liliom. Und dann schießt es plötzlich aus

ihm heraus: »... ein gefährlicher Raufbold war er, mein liebes Kind. Auf jeden hat er gleich losgedroschen. Sogar Ihre liebe kleine Mutter hat er geschlagen!«
Da wird die Julie böse. »Pfui Teufel«, sagt sie. Und dass das alles nicht stimmt, sagt sie. Und dass der Liliom immer gut zu ihr gewesen sei. Herrgott, der Liliom! Der muss was sehr Schönes, was ganz Herrliches tun, jetzt gleich. Und er hat nicht viel Zeit. Ein Spiel Karten hat er in der Tasche; dem Kind könnte er ein paar schöne Tricks beibringen. Aber das Kind will keine Kartenspielertricks lernen. Noch was hat er dabei, heimlich abgezwickt auf der Reise vom Jenseits ins Leben – ein Stück Himmelsstern. Extra für das Kind gestohlen. Aber das Kind, die Luise, will den Stern nicht. Und was anderes sehr Schönes, ganz Herrliches hat er nicht zu bieten.
Jetzt ist der Liliom verzweifelt. Sehr verzweifelt. So verzweifelt, dass er dem Kind, seinem Kind, beim Weggehen – unverrichteter Dinge – auf die Hand schlägt. »Er hat mich geschlagen«, ruft das Kind. »Und ich hab es doch gar nicht gespürt ... als wenn jemand ganz leicht meine Hand gestreichelt hätte, Mutter.«

Der Liliom muss zurück. Ins Jenseits. Die ewige Seligkeit kann er sich abschminken. Oder gibt's vielleicht doch eine Gerechtigkeit? Die Luise, das Kind, hat ihm verziehen. Die Julie hat ihm auch verziehen.

»Ja, das gibt es, mein Kind«, erklärt sie ihrer Tochter, als der seltsame Bettler endgültig aus ihrem Leben verschwunden ist, »dass einen jemand schlägt ... und dass es doch gar nicht wehtut.«
So wie es das andere gibt: Dass einen jemand nicht schlägt ... aber es brennt, brennt, brennt. Wie Höllenfeuer. Solange man lebt. Und jetzt erzähl mir nicht, dass du in der ewigen Glückseligkeit gelandet bist. Du doch nicht! Fällt dir nichts ein, Vater? Nichts sehr Schönes? Nichts ganz Herrliches? Ich bin ja nicht anspruchsvoll. Bloß kein Stern. Und keine Kartenspielertricks. Aber so überhaupt nichts?

Hausordnung.

Karten spielen war verboten. Außer Schwarzer Peter. Tierquartett. Patiencespiele. Das schon, hin und wieder. Aber nichts Ernstes.
Um Geld wird nicht gespielt, verstanden? Bei uns daheim wird nicht um Geld gespielt. Bei uns daheim wird jeder Groschen umgedreht. Drei Mal umgedreht, sonst könnten wir uns gleich die Kugel geben. Es reicht fürs Leben, es reicht für die Schule. Und für eine Woche Urlaub pro Jahr. Für mehr reicht es nicht.
Falsch. Für den Musikunterricht reicht es auch noch. Und für Kinokarten und den Besuch im Hallenbad, einmal die Woche.
Man muss das Geld zusammenhalten. Geld zerrinnt einem in der Hand. Einmal Schulden, immer Schulden. Wenn Vater nicht zahlt, muss Mutter Überstunden machen. Und Großmutter muss wieder einmal die ganze Nacht lang für fremde Menschen Kleider nähen, wenn Vater seiner Zahlungspflicht nicht nachgekommen ist.
Es gibt Menschen, die vergeigen ihr Glück beim Kartenspielen. Wir gehören nicht dazu. Keinerlei Glücksspiele. Ich war bis heute noch nie in einem Spielcasino. Noch nie!

Weitere Punkte der Hausordnung:
1. Bloß nicht wie Vater werden.
2. Nie danach fragen, wie Vater gewesen ist.

Mein Vater, der Vampir.

Was sehr Schönes, irgendeine Erinnerung. Aber ich habe ja nichts in der Hand. Nichts. Nur dieses Sterbebillett (Anno 78) aus der Totenschachtel der Mutter. Vaters Foto auf der Innenseite. Sehnsuchtsvoller Blick. So schauen Kapitäne aufs offene Meer hinaus, kurz vor Einbruch der Nacht. Vater trägt ein dunkles Sakko, weißes Hemd, Hemdkragen offen, keine Krawatte. Ich trage auch nie Krawatte.

Natürlich steht er nicht an der Reling und hält nach keinem Eisberg Ausschau. Er ist ja auch kein Kapitän. Vater sitzt in einem Fotostudio, irgendwann in den siebziger Jahren, und der Fotograf hat ihn angewiesen, zur Seite zu schauen. Er will sein Profil. Die Sehnsucht hat sich in Vaters Blick geschlichen, einfach so. Zufällig.

Vielleicht steht in einiger Entfernung Vaters zweite Frau, und der Blick gilt ihr. Vielleicht sieht er sie an, denkt aber in Wirklichkeit an seine erste große Liebe, meine Mutter. Oder an eine unbekannte Dritte. Oder an mich, den Sohn, den er sofort nach der Geburt aus den Augen verloren hat, und jetzt überlegt er, ob er mich nicht endlich anrufen sollte, gleich nach dem Ende dieser Fotositzung.

Aber wahrscheinlich starrt Vater gegen die Atelierwand, und die Sehnsucht in seinem Blick gilt dem Gasthaus »Zu den drei Hasen«, das er in wenigen Minuten aufsuchen wird. Ohne Frau 1, ohne Frau 2, ohne Frau 3, ohne Kinder. Vater, der Genießer. Er wird sich an den Stammtisch setzen, ein großes und ein kleines Bier trinken, wenig reden, stillschweigend vor sich hin lächeln. Auf dem Foto im Sterbebillett lächelt er auch. »Lächeln« ist zu viel gesagt. Es ist der Ansatz eines Lächelns. So wie ein Käpt'n lächelt. Kein Eisberg in Sicht, die See ist ruhig, die Mannschaft macht ihre Sache ordentlich. Es war ein guter Tag. In drei Wochen erreichen wir den nächsten Hafen. Dort wartet die Liebste mit Rosen und Küssen.

So lächelt Vater. Wenn er in Wahrheit an die Kellnerin denkt, an die Kumpel vom Stammtisch, ans Saufen womöglich – auch gut. Hauptsache, er lächelt.

Im Sterbebillett steht noch ein Spruch, nach den paar Fakten (... Name, Beruf, Todestag ...). Das ist so üblich hierzulande. Ein kleiner Gedankentrost für die Hinterbliebenen. »Wer im Gedächtnis seiner Lieben lebt, ist ja nicht tot, er ist nur fern, doch tot ist, wer vergessen wird.«

Ich grabe heimlich und behutsam mein Väterchen aus (von dem ich nichts als ein abgestorbenes Bein, neun Fotos, das Sterbebillett und die Scheidungsurkunde besitze) und hauche ihm neues Leben ein, aus voller Lunge; ich war immerhin einmal Trompeter in einer Schülercombo. Obwohl ich eigentlich

Fußballspieler werden wollte. Ich hauche Leben ein, und Vater nimmt monströsen Umfang an, Größe und Leichtigkeit. Bald wird er abheben und lautlos lächelnd ins Abendrot davonschweben; eine Naturerscheinung von nicht gekannter Poesie.
Auf Väterchens Grabstein findet sich das gleiche Foto wie auf dem Sterbebillett. Keramikdruck. Vater, der Käpt'n, dunkles Sakko, offener Hemdkragen, ins Leere lächelnd. Das Wetter hat sein Gesicht gegerbt. Schnee und Regen haben ihm zugesetzt. Jetzt wachsen ihm milchweiße Rinnspuren aus den Grabstein-Mundwinkeln. Mein Vater, der Vampir. Mach schon, ich halte still.
Beiß zu, Alter. Ich hab Sehnsucht nach deiner Zärtlichkeit!

Der Wink mit dem Zaunpfahl.

Ich warte auf ein Zeichen, Vater. Ein Wink mit dem Zaunpfahl oder mit dem Taschentuch. Ach, egal! Hauptsache von drüben rüber, von dir zu mir. Muss ja nichts Aufwendiges sein. Sprich nur ein Wort und meine Seele … du weißt, was ich meine, Vater. Oder? Es kommt aber nichts. Nichts. Als gäbe es dich nicht mehr. Ein Zeichen, verdammt noch mal!

Bei Mutter war das so: Als Mutter auf dem Sterbebett lag, im Morphium-Fieber, hab ich mir von ihr ein Zeichen erbettelt, als letzten Wunsch sozusagen. Irgendwas nach dem Tod. Nichts Spektakuläres, keine Feuersäulen, keine einstürzenden Kathedralen. Einen Telefonanruf haben wir ausgemacht. Mutter hat mit dem Kopf genickt. Versprochen? Versprochen! Du rufst an, Mama, nach deinem Tod? Ein Hauch von Kopfnicken.

Wir hatten uns für meinen ersten Geburtstag nach ihrem Tod verabredet. 7 Uhr 20 in der Früh. Das ist meine Zeit. Da bin ich geboren. Mutter hat immer angerufen, seit ich aus dem Haus war, ein Vierteljahrhundert lang, immer um 7 Uhr 20 an meinem Geburtstag. Ohne Mutters Anruf kein Geburtstag. Jetzt hab ich den dritten Geburtstag hinter mir, seit Mutter tot ist. Ich hab mir den Wecker gestellt, um

Mutters Anruf, von drüben herüber, nicht zu verschlafen. Nichts.
Ich dachte, das sei eine leichte Übung. Irgendwie werden die Seligen doch noch so ein lächerliches Telefon zum Klingeln bringen! Das Klingeln hätte ja schon genügt. Ich hebe ab – aber keiner ist dran. Ein ferner Atemzug vielleicht. Dann hätte ich gewusst: Das ist Mutter, von ganz weit her. In solchen Momenten bedarf es keiner Worte! Ich hab ja auch mit Vater telefoniert, zu seinen Lebzeiten, ohne ein einziges Wort zu reden.
Kein Muckser aus dem Jenseits. Mutter gibt sich nicht zu erkennen, nicht einmal in Träumen. An Mutters Grab stehend, stelle ich lautlose Fragen und deute mir Mutters Antwort aus dem Geschrei der Saatkrähen oder dem Gepiepse der Sperlinge. Geht es dir gut, Mutter? Gibt es ein Jenseits? Hast du Vater schon gefunden? Die Krähen und die Sperlinge spielen nicht mit. Kein Antwortsystem erkennbar.

Jetzt zu Vater. Ich hab mich extra zu den »Drei Hasen« gesetzt. Zwei große und ein kleines Bier getrunken. Nichts. Jeden Neuzugang habe ich mir vorgenommen. Genau studiert: Sieht er Vater ähnlich? Oder Vaters Foto? Nichts, nichts. Kein Wort, keine Geste, kein zweckdienlicher Hinweis. Kein Funkeln in einem Tonfall von irgendwem, kein Blitzen aus irgendeinem Augenwinkel heraus. Keine Spur von meinem Vater.

Ich war in meiner Taufkirche – aber die Heiligen haben den Mund nicht aufgebracht. Kein Laut, nur das gewohnte Schweigen. Das ewige, bohrende, hundsgemeine Schweigen. Nächster Versuch: Ich fahre mit dem Autobus, die Strecken von damals. Jetzt wird Vater einsteigen, denke ich mir. Es steigt aber bestenfalls ein Fahrkartenkontrolleur ein, dem ich mein gültiges Ticket reiche. Und aus. Keine Pointe. Wenn er so en passant, ohne dass die anderen was merkten, ein Spiel Karten aus der Uniformtasche zöge, einen Zacken Himmelsgestirn. Aber nein. Nichts dergleichen.

Ich stehe an deinem Grab, Vater. Der Grabstein mit deinem Vampirgesicht darauf fällt nicht um. Nicht einmal ein Blitz fährt aus dem Himmel. Schon gar nicht durch mich hindurch. Keine Stimme kräht aus den Wolken: »Dieser ist mein geliebter Sohn, an dem ich mein Wohlgefallen gefunden!«
Nichts, nichts, nichts. Nichts sehr Schönes, nichts ganz Herrliches. Vater bleibt stumm und unsichtbar wie immer. Das macht einen noch müder, als man ohnehin schon ist. »Red oder scheiß wenigstens Buchstaben, Vater!« Das war so ein Spruch aus meiner Schulzeit.
Nichts. Kein Gepfeife, kein Hundekläffen, kein Hilferuf. Totenstille.
Wenn jetzt die Sonne durch die Wolken stieße! Wenn der unbegabte Geiger, der vor meinem

Stammcafé herumschleicht und immer dann, wenn der Kellner mit einer Bestellung im Schankraum verschwindet, ein paar Katzentöne aus den Saiten kratzt, wenn der jetzt die »Caprifischer« losgeigte, andeutungsweise. Ein paar Töne nur! Wenn, sagen wir, ein Maurerziegel meinen Kopf zerschmetterte oder wenn mir über Nacht ein Bein abfaulte, von den Zehen her bis in die Kniekehle. Wenn es Sturm läutete an meiner Türe, aber keiner stünde draußen.

Keine Sonne. Keine »Caprifischer«. Kein Maurerziegel, nur geringe Schmerzen im Bein. Kein Sturmläuten. Steht auch keiner draußen. Nicht einmal ein Kind, mit der Bettelschale in der Hand.

Krämer & Krämer, fünf.

Du verdienst gut, Sohn?
Ich verdiene gut. Ich verdiene nicht gut. Darauf kommt's doch nicht an, Vater!
Nicht? Macht dir dein Beruf wenigstens Spaß?
Heute ja, morgen nein, nächste Woche ja, hoffentlich.

Schriftsteller saufen, Sohn, stimmt's?
Maurer saufen mehr, Vater.
Glaubst du?
Wäre ich ein Maurer geworden, wenn du bei uns geblieben wärst?
Warum nicht, Sohn. Im Nachhinein kann man immer klug reden.

Ich habe zwei linke Hände, Vater.
Kein Mensch hat zwei linke Hände, Sohn. Du hast sie bloß nicht trainiert. Du hast dich in deinen Kopf zurückgezogen. Und das andere, die Hände, die Beine, die Schultern – das hast du vernachlässigt. Was schreibst du denn so, Schriftsteller?
Ach, allerlei, Vater. Heute so, morgen so. Einmal traurig, einmal froh.
Schreibst du über mich?

Ich schreibe auch über dich. Ist dir das unangenehm?
Und wie! Es ist mir verdammt unangenehm. Ich möchte in Ruhe tot sein, Sohn.
Ich möchte in Ruhe leben, Vater.

Geht's dir gut dabei?
Es geht mir gut. Es geht mir nicht gut. Aber das ist nicht das Thema.
Das mit der Geschlechtskrankheit, das schreibst du aber nicht, Sohn!
Doch, Vater. Das schreibe ich.
Und wenn ich es dir verbiete?
Das kannst du nicht, Vater.
Ich verbiete es dir!
Ich schreibe es trotzdem.

Ich enterbe dich, Sohn.
Das ist der größte Witz, den ich jemals gehört habe, Vater.
Geht es um Geld? Bist du verhärmt, weil du nichts bekommen hast?
Ich bin verhärmt, weil ich nichts bekommen habe. Aber das hat nichts mit Geld zu tun, Vater.
Häuser hätte ich dir nicht vermachen können.
Ich brauche keine Häuser. Ich möchte meine Geschichte schreiben. Das ist alles.
Tote soll man ruhen lassen, Sohn.
Tote schon, Vater. Aber du bist nicht tot.

Du wirst also Lügen über mich verbreiten. Du wirst schreiben, was für ein Schwein ich gewesen bin.
Ich schreibe darüber, wie sehr ich dich vermisst habe. Das ist alles. Ich reime mir meinen Vater zusammen, von dem ich so gut wie nichts weiß, nichts, absolut nichts, außer den paar Sätzen …
… die im Scheidungsprotokoll stehen. Muss das sein, Sohn?
Es muss sein, Vater.

Frag meine Kinder aus zweiter Ehe, Sohn. Frag meine Schwester, die ja noch lebt. Frag sie, dann wirst du herausfinden, wie ich wirklich war. Aber das interessiert dich nicht. Du hackst an meinen Narben von früher herum und bist erst zufrieden, wenn wieder Blut fließt. Mein Blut.
Ich weiß, dass du ein guter Vater warst, Vater, ein guter Ehemann, ein verlässlicher Maurer, zuletzt: Maurerpolier – ich hab die Reden bei deinem Begräbnis gehört, unbekannterweise. Ich kenne dein Foto von den »Drei Hasen«. Ich weiß, dass du dich geändert hast. In vielen Dingen jedenfalls. Ein Heiliger bist du wohl nicht geworden, Vater. Aber weißt du was: Ich pfeife auf die Heiligen!

Schreib doch über die Zukunft, Sohn, über Astrologie oder Genmanipulation, schreib einen Krimi im Zuhältermilieu meinetwegen. Oder über Fußball. Oder über deine Mutter. Aber nicht über mich.

Nur über dich. Verstehst du, Vater – ich will jenen Vater beschreiben, der mich gezeugt hat und dann abgehauen ist. Der neben mir hergegangen ist, 28 Jahre lang, zuletzt auf einem Bein, ohne mich zu erkennen. Das ist alles.

Hast du kein Erbarmen, Sohn?
Jedes Erbarmen der Welt, Vater.
Auch für mich?
Für dich besonders.
Und trotzdem schreibst du das?
Und deswegen schreibe ich das.

Worüber ich schreibe.

Willst du die Wahrheit wissen, Vater? Über den Tod schreibe ich. Ich laufe über die Friedhöfe und lese Grabsteine. Das hält mich auf Trab. Und dann schreibe ich darüber. Kleinigkeiten.
Neulich, in Berlin, auf dem Alten Kirchhof von St. Nicolai, stehe ich plötzlich vor einer Grabtafel mit dieser Aufschrift: »Hier ruht in Gott mein Liebling Robert Krämer.« Stich ins Herz. Dein Name. Sogar das Geburtsjahr stimmt. Aber das bist nicht du, das kannst nicht du sein. Du bist zu Hause begraben, ich war ja auf deiner Beerdigung. Außerdem liegt hier ein Kind. Vier Jahre alt geworden. »Der Herr wollte einen Engel und rief dich!«
Früher habe ich alles Mögliche geschrieben. Kinderlieder zum Beispiel. Eines fängt so an: »Papa-papa«. Aber da bist nicht du gemeint, Vater. Es geht um einen Papagei. Einen Papagei, der redet.
Jetzt halt dich fest, Vater: Im Kindergarten in der Scherzhauserfeldsiedlung singen sie dieses Lied. Und meine anderen Lieder, die ich früher geschrieben habe. In deiner Siedlung. Der Kindergarten ist nur einen Steinwurf von deinem Wohnhaus entfernt. Oder war nur einen Steinwurf von deinem Wohnhaus entfernt, damals, in den fünfziger Jahren.

Du hast in der Scherzhauserfeldsiedlung gewohnt. Und ich bin in der Scherzhauserfeldsiedlung in den Kindergarten gegangen. Ist das nicht ein Zufall? Und wir sind uns nie begegnet.

Neulich war ich dort, nach so langer Zeit. Der Kindergarten steht noch an Ort und Stelle. Man hat umgebaut, klar. War eine Bretterbude damals, jetzt ist das ein richtiges Haus. Gemauert. Hast du meinen Kindergarten umgebaut, Vater? Ich war auf Spurensuche. Ich wollte endlich wissen, wie nahe wir uns damals gewesen wären. Ich habe mir die alten Pläne besorgt. Dein Haus, mein Kindergarten. So nahe beisammen! Eine Minute Fußweg für dich, zwei Minuten für mich. Die kleinen Schritte, du verstehst. Aber wir sind uns nicht begegnet.
Vielleicht hast du mich beobachtet, wenn ich in den Kindergarten gebracht, wenn ich vom Kindergarten abgeholt wurde. Vielleicht hast du die Kindergartentante gefragt: »Wer von denen ist Krämer?« Und die Tante hat geantwortet: »Ich darf keine Auskunft geben.« Vielleicht.
Die haben mein »Papageilied« gesungen, neulich erst, ich bin richtig rot geworden vor Aufregung. Das geht mir immer so. Mir fehlt der Verputz, Vater. Wind, Wetter, jede Art von Überraschung setzen mir zu. Meine Haut ist nicht wettergegerbt wie die eines Maurers. Ich hab eine Stubenhockerhaut.
Über das Sterben schreibe ich und über das Trauern.

Über Totgeburten, Fehlgeburten. Ich kenne mich da aus. Ich bin ein Experte in diesen Dingen. Jedes Jahr in der Karwoche werden bei mir Arbeiten in Auftrag gegeben, oder zu Allerseelen, um den Totengedenktag herum. Zeitungsartikel, Feuilletons, Gedichte. Ich laufe über die Friedhöfe, das habe ich von Mutter geerbt. Ich kann stundenlang in Aufbahrungshallen stehen, vor irgendwelchen Särgen. Ich halte eine Menge aus, Leichname und so. Das macht mich ruhig und stark.
Weißt du, wie sie mich nennen, Vater?
Den Toten-Krämer.

Auf einem Friedhof in Südtirol hat jemand zwei Marmorengel von Kindergräbern gerissen und sie auf einen Baum gehängt. Ich hab das in der Zeitung gelesen, ich schneide solche Artikel aus und sammle sie in meinen Totenschachteln. In meinen Totenwandregalen. Kindergräber sind heilige Orte. Voller Tränen. Enttäuschte Hoffnungen. Kindergräber muss man schützen. Warum reißen Menschen Engelfiguren von Kindergräbern? So was macht mich wütend. Wut macht lebendig. Über Menschen, die Engel von Kindergräbern reißen, könnte ich ganze Bücher schreiben, so wütend macht mich das.

Weißt du, was ein »Krämer« ist, Vater? Ein »Krämer« ist ein Spezialgerät zum Zerstückeln eines toten Kindes im Mutterleib. Ein »Krämer« ist eine lange, starke Schere, mit der man die Kinderleiche im Bauch zerschneidet, um die Kinderteile aus der Mutter entfernen zu können. Das tote Kind kommt stückchenweise ans Licht. Und das Instrument zum Zerschneiden heißt »Krämer«. Es gibt auch ein »Naegeli« und ein »Savigny«. Alles Kinderzerstückelungsgeräte, Perforatorien. Ich kenne das aus dem Buch »Über dem Grabe geboren«. Ich lese solche Bücher. Und ich schreibe über solche Themen.

Sie heißen Krämer?
Sind Sie der Sohn vom Professor Krämer von der Kunstgeschichte?
Oder der Sohn vom Hofrat Krämer aus der Finanz?
Vom Feinkost-Krämer?
Vom Maurer Krämer.
Wer immer das war.

Fluchtwege

»Nein, Herr Krämer«, sagt die Greisengärtnerin, den Märchenvortrag unterbrechend, »die Geschichte geht noch weiter!« Worauf sich Herr Krämer wieder in den Korbstuhl fallen lässt.

Haus stürzt ein. Schutt und Geröll.

Ich war fast fünfzig. Da fiel mir die Decke auf den Kopf, einfach so. Decke und Dachboden und sieben Stockwerke. Haus stürzt ein. Schutt und Geröll. Und darunter ich. Unter den Trümmern ich. Schwarzblende. Infusionen. Neustart.

Der Therapeut quälte mich: Noch nie nach Ihrem Vater gefragt?
Noch nie.
Dann wird es aber Zeit!
So begann ich, zum ersten Mal in meinem Leben, nach Vater zu fragen. Erzähl mir vom Vater, Mutter. Und Mutter holte die alten Fotos aus dem Schrank. Die Hochzeitsbilder, die Szene im Strandbad. Ein paar Monate später war Mutter tot.
Wenn ich das geahnt hätte! Ich hätte gebohrt, gehämmert, ich hätte Mutter gelöchert mit Fragen. Hätte nicht mehr locker gelassen, nie mehr lockergelassen. Bis ich alles gewusst hätte. Alles über den Mann, der mein Vater war. Aber ich fragte nur zögerlich. Alle paar Wochen.
Von alleine rückte Mutter nichts raus.
Vater war kein Thema mehr. Vater war in Mutters Zettelkasten abgelegt. Unter »Verstorbene«, Kartei-

karte drei. Der Name, das Sterbe- und das Geburtsdatum. Das war Vater.
Mutter starb schneller, als ich fragen konnte.

Da begann ich mich also um den Vater zu kümmern. Systematisch. Ich suchte im Telefonbuch meiner Stadt nach seinem Namen. Natürlich wusste ich, dass Vater seit zwanzig Jahren tot war. Ich war bei seiner Beerdigung gewesen, immerhin.
Vater war tot. Aber der Sohn musste noch leben. Und der Sohn trug den gleichen Namen. Robert Krämer. Stand in der Traueranzeige damals. Der Sohn aus zweiter Ehe. Vielleicht sind wir uns begegnet, früher einmal, ohne dass wir einander erkannten. Krämer? Ich auch. Robert Krämer? Wie mein Vater. Meiner hieß genauso. Dann wären wir also …

Auf Vaters Beerdigung hatte ich ihn gesehen. Ich nehme jedenfalls an, dass er das war. Dieser jüngere Mann, der die ältere Frau stützte. Sohn, Mutter? Und in der Erde lag Vater. Neben Mutter und Sohn: eine jüngere Frau, einen Mann an ihrer Seite. Vaters Tochter und der Schwiegersohn? Sicher. Ich erinnere mich an keine Gesichter. Ich erinnere mich nur mehr an Vaters Gesicht auf dem Sterbebildchen, das man mir in die Hand drückte, obwohl ich überhaupt nicht zu dieser Trauergemeinde gehörte. Ich war anonym zum Begräbnis des Vaters gekommen, und keiner wusste, wer ich war. Ich schaute keinem in die

Augen, und niemand fragte mich, was ich an Vaters Grab zu suchen habe.

Robert Krämer. Ich fand drei Einträge im Telefonbuch. Aber es waren die falschen Krämer. Entschuldigung, sind Sie der Sohn des Robert Krämer, Maurer, zuletzt Maurerpolier i.R., verstorben vor zwanzig Jahren. Nein. Pardon. Und schönen Abend noch.
Einer hieß Robert Krämer und war der Sohn des Franz Krämer. Und der war nicht Maurer, zuletzt Maurerpolier i.R., sondern Finanzbeamter gewesen. Wer spricht denn da? Niemand.
Beim dritten Robert Krämer meldete sich ein Kind. »Robert Krämer, hallo?« Da legte ich sofort wieder auf. Der Robert Krämer, den ich suchte, war ein paar Jahre jünger als ich, aber kein Kind. Mit einem Kind wollte ich mich nicht über meinen verstorbenen Vater unterhalten. Enkelkind vielleicht? Ich rief noch einmal an. Diesmal meldete sich eine Frau. Ja, der Vater von Robert, dem Kind, heißt auch Robert; steht ja im Telefonbuch. Nein, der Großvater heißt nicht Robert. Natürlich lebt der Großvater noch. Was wollen Sie von uns? Hallo?

Ich muss Mutter besuchen. Heute noch. Die Haut hat sich verfärbt, das Bilirubin steigt, hat der Arzt gesagt. Dramatisch, hat er hinzugefügt.

Mutter im Grossformat.

Als Mutter im Krankenhaus liegt und die Aussagen der Ärzte immer verrückter klingen, fahre ich in Mutters Wohnung, um ein paar Kleinigkeiten zu erledigen. Kleinigkeiten nicht zu erledigen. Die Post aus dem Briefkasten holen, sie aber auf dem Wohnzimmertisch liegen lassen. Die Wanduhr, die an irgendeinem Tag um zehn Uhr fünfunddreißig stehen geblieben ist, nicht aufziehen. Die Fenster im Wohnzimmer öffne und schließe ich nicht.
Ich möchte nichts verändern. Nichts. Auch nicht den Geruch. Vor allem nicht den Geruch. Es muss hier einfach so riechen. Das ist der Muttergeruch.
Mutter braucht nichts. Mutter hat mich nicht in die Wohnung geschickt. Mutter schläft die meiste Zeit, oder sie liegt mit geschlossenen Augen in ihrem Krankenbett und hört Musik von Richard Clayderman und André Rieu. Ich bin noch immer in Mutters Wohnung, die einmal auch meine Wohnung war, und hole ein Foto aus dem Fotoalbum. Das schönste Foto: Mutter mit 18, irgendwann im Jahre 1940, im schwarzen Samtkleid, mit der silbernen Blumenbrosche am Dekolleté. Mutter, den Blick in die Ferne gerichtet, sehnsuchtsvoll. In so eine hätte ich mich verliebt, Hals über Kopf, unsterblich.

Ich lasse das Foto vergrößern und vervielfältigen. Dann kehre ich ins Krankenhaus zurück. Mutter schläft. Sie schläft doch, oder? Jetzt verteile ich die Fotos an alle, die mit Mutter zu tun haben: die Ärzte, die Krankenschwestern, die Pfleger. Jeder soll sich ein Bild von Mutter-damals machen.

Aufs Morgengrauen zu.

Mutter sagte nichts mehr. Nichts über Vater, nichts über die Zukunft oder über ihre Schmerzen. Als Mutter verlosch, flammte Vater auf. Vater aus der Asche. Mutter Richtung Erde. Mutter verschwand, Vater kam zum Vorschein. Wie im Wetterhäuschen. Mann verschwindet, Frau taucht auf. Frau verschwindet, Mann taucht auf. Sonne verschwindet, Regen und Sturm tauchen auf. Hoch oder Tief. Beides gleichzeitig, das ist unmöglich. Lady Sunshine und Mister Moon … denn wenn sie aufsteht, dann geht er schlafen. Mutter wurde winzig klein, Vater begann Gestalt anzunehmen.

In der letzten Nacht, aufs Morgengrauen zu, saß ich am Sterbebett und imaginierte Mutter das Paradies. Die Zielgegend ihrer Reise. Ich beschrieb der Mutter die Ankunftsszene, erst flüsternd, am Schluss nur mehr lautlos vor mich hin denkend. Beschwörungen von Gehirn zu Gehirn, ohne Mund und Ohren dazwischen. Dafür war es zu spät.
Mutter liegt auf dem Sterbelaken, rhythmisch geschaukelt vom Luftkissen gegen das Wundliegen, und ich rede ihr ein, dass sie in einem Boot sitze, auf Samtpölster gebettet, Mutter, die Königinnenschön-

heit. Sie trägt ihr Lieblingskleid aus den vierziger Jahren, aus jener Zeit, als mein Vater in Mutters Geschichte hineintänzelte. Mutter, du hast Blumen im Haar. Und der Fährmann ist kein schwarzer Schatten. Der Fährmann heißt Giuseppe oder Roberto, hat pechschwarze Locken und einen romantischen Blick.

Vom Ufer her hört man Begrüßungsmusik. Eine Schlager-Combo. »Wenn bei Capri die rote Sonne im Meer versinkt ...« Das Paradies ist so, Mutter. Und im Paradies warten sie auf dich. Siehst du, wie sie winken? Dein Vater, deine Mutter, die Großeltern. Dein Bruder Martin, der 17-jährig im Krieg verschwand, dein Bruder Wernerle, der, 13 Monate alt, im Krieg verschwand. Die Tante, die Onkel. Die Jugendfreunde, die im Krieg verschwunden sind, das ganze Personal aus dem Fotoalbum mit den Trauerrändern.

Und die Kavaliere. Der Sommeronkel. Sogar dein letzter Mitbewohner, der sich in einem einzigen Jahr Paradiesaufenthalt vom Barbaren zur Lichtgestalt gewandelt hat. Alle haben sie Champagnergläser in den Händen. Die Jüngeren halten Blumen bereit. Man wartet auf deine Ankunft. »Die schöne Magdalena«.

Und das bist du, Mutter. Aber das weißt du ja.

Da drüben, siehst du ... der Mann im zimtfarbenen Tweedanzug, der mit dem romantischsten aller romantischen Blicke – das ist Robert, dein Mann. Der

geschiedene Mann. Der abhanden gekommene Mann. Mein Vater.
Jetzt beginnt Vater zu tänzeln. Er tanzt wie ein Operettenstar und sieht aus wie der Filmschauspieler Hans Nielsen, dessen Foto ich aus deinem »Schauspieler-Kuvert« kenne. Du hast es mir gezeigt, neulich erst, ein paar Tage bevor wir dich ins Krankenhaus brachten. Zur Abklärung dieser kleinen Unpässlichkeit. Routinegeschichte, wie wir alle dachten, damals. Und du überhaupt. Ein längerer Spitalsaufenthalt war nicht vorgesehen. Du hattest deine Wochenpläne längst geschrieben. Theaterbesuch (»Orpheus in der Unterwelt«), Muttertagsausflug (Wildschönau), Gymnastikstunden. Ordnung muss sein. Saisonkarte für das Volksgartenbad besorgen! Monatlicher Weibertratsch beim Heurigen. Eine wie du ist unersetzbar bei solchen Terminen, irgendwer muss ja zuhören, wenn die anderen reden.
Jetzt liegt Mutter auf dem Sterbelaken, und im Krankenzimmer rauscht das Meer.
Wenigstens das Meer. Du liebst das Meer, du liebst die Seen und das Volksgartenbad. Aber dann ist das gar kein Meeresrauschen. Es ist das monotone Sprudeln aus der Inhalationsmaschine, zur Erleichterung deiner Atemzüge. »Kendall GmbH, 93333 Neustadt, Germany« steht auf der Maschine.
Das künftige Paradies, Mutter. Das Empfangskomitee. Mein tänzelnder Vater hat Steppeisen an den milchweißen Schuhen. Von seinen Tanzkünsten hast

du mir erzählt, und jetzt auf der Empfangsterrasse bei der Bootsanlegestelle tanzt er für dich. Nach fünfzig Jahren wieder einmal für dich. »... wenn bei Capri – ta-tak, die Sonne, ta-ka-tak, versinkt ...« Und dann die Drehung. Siehst du, wie elegant er sich um die eigene Achse dreht?
Später dann, wenn ihr das Wiedersehen gefeiert habt, du und die anderen, könntest du ihm von mir erzählen, Mutter. Sag ihm, dass ich auch so ein hoffnungsloser Romantiker geworden bin. Grüße meinen Vater, unbekannterweise, von mir.

Am 17. Juli 1998 gegen fünf Uhr früh hat Mutter das Champagnerglas in die Hand genommen und Vater zugeprostet. Alles Weitere entzieht sich meiner Kenntnis.

Vergilbte Kuverts.

Die Hinterlassenschaft der Mutter. Zum Beispiel die Totenschachtel. Die Fotoalben. Notizkalenderchen. Man nimmt sich eine Hinterlassenschaft nicht vor. Man packt nicht aus, wie man Weihnachtsgeschenke auspackt. Man wartet ab. Man bettet die Hinterlassenschaft in Schubladensärge. Der Deckel aber wird nur selten abgenommen. Sonst machen sich die Gerüche aus dem Staub.

Man nähert sich der Hinterlassenschaft, wie man sich verminten Gebieten nähert. Explosionsgefahr! Totenkopf auf jedem Objekt. Irgendwann wird das Fotoalbum geöffnet. Irgendwann später die Totenschachtel. Die Notizbücher zuletzt. Öffnen, schließen. Solang es der Herzschlag zulässt. Heute zwei Bilder, morgen ein Tageseintrag. Nicht mehr.

Mit den Händen über Buchdeckel, über Papier und Karton streichen. An der Hinterlassenschaft riechen. Die hinterlassenen Duftspuren in die Nase aufziehen, in die Nasenhöhle einsaugen, suchtmäßig, schwer suchtmäßig, immer wieder. Bis einem schwindlig wird.

Wochen später ganze Sätze und längeres Verweilen auf Gesichtern und Posen.

Ein halbes Jahr nach dem Todeseintritt beginnt man

die ersten längeren Geschichten zusammenzureimen.
Vergilbte Kuverts. Aus dem Jahre Schnee.
Einhundert Porträtkarten. Filmschauspieler.
René Deltgen. Fita Benkhoff. Olga Tschechowa.
Jahresauflistung der Kinobesuche:
»Achtung, Feind hört mit«. »Immer nur du«. »Gefährlicher Frühling« …
So was hat Mutter aufbewahrt, mehr als fünfzig Jahre lang.
Nichts über Vater.
Briefumschläge voller Zeitungsausschnitte. Familienanzeigen.
»Unser herzlieber, sonniger Bub Sepperl ist am 30. Dezember 1944 nach kurzer, schwerer Krankheit, 15 Monate alt, in die ewige Heimat abberufen worden.«
»Unser Sonnenschein Gisela wurde uns am 28. Dezember 1944 im Alter von 15 Monaten durch den bitteren Tod entrissen.«
»Unser liebes, sonniges Kind, unser Glück Irmgarti, ist am 6. Jänner 1945 für immer von uns gegangen.«
»Ohne das Kommen seines Vatis abzuwarten, ist unser goldiger Sonnenschein Helmuti am 5. 1. 1945 im Alter von zwei Jahren für immer von uns gegangen.«
»Unser Sonnenschein Brigitte ist im Alter von 1 Jahr nach kurzer, schwerer Krankheit entschlafen.«
»Unser größtes Glück und größter Trost, unser innigst geliebtes, goldiges Söhnchen, Brüderchen, Enkel, Neffe, Kusin und Schwager Wernerle hat uns

am 4. 1. 1945 im Alter von 13 Monaten allzu früh für immer verlassen. Beerdigung am 10. 1., 15.30 Uhr, im Kommunalfriedhof ...«
Jetzt riecht es nach Mutter in meinem Zimmer. Und nach Großmutter. Nach Tränen, Tod und alten Geschichten. Soll jemand anderer die Schubladen schließen.

Wie hat Vater gerochen? War Vater im Krieg? Hat mein Vater eine Totenschachtel und alte Zeitungen hinterlassen? Wo war er im Krieg? Verwundungen? Auszeichnungen? Irgendwo in Russland war er im Krieg, sagt die Tante. Keine Verwundungen. Es gibt keine Briefe von Vater. An niemanden. Auch nicht aus späterer Zeit. An keine Menschenseele.

Belastendes Material.

Talkshows rund um die Uhr. Zwanzig-Minuten-Schicksale. Tragödien, Komödien, fein portioniert. Wiederholungen im Nachtprogramm.
Immer wieder diese Geschichten. Es kamen Söhne, die schluchzten, und Väter, die unbeeindruckt blieben. Und umgekehrt.

Werdet ihr euch wieder sehen?
Schon möglich.

Dann führten sie einen vor, der brachte den Blick nicht hoch. Stand einfach so da und starrte zu Boden. Mittleres Alter. Brillenträger.

Sie suchen also Ihren Vater.
Der Mann sagte nichts. Nickte bloß.
Tut mir Leid für Sie, aber Ihr Vater ist tot.
Der Mann starrte zu Boden.
Raunen im Studio, routinemäßig. Das war der fünfte Fall in dieser Talkstunde, und das Publikum sehnte sich nach den Drinks in der Kantine. Jetzt hätte der Mann gehen können, aber die Talkmasterin ließ ihn nicht gehen. Die Show war noch nicht abgedreht.

Sie haben Ihren Vater nie gesehen?
Der Mann schüttelte den Kopf.
Er hat nie den Versuch gemacht …?
Kopfschütteln.

Jetzt zieht die Moderatorin ein Blatt Papier aus einem Kuvert.
Wir haben recherchiert, sagt sie. Wir haben unsere Spione ausgeschickt und haben etwas gefunden. Wir finden immer etwas. Diesmal – einen Brief.
Der Mann hebt den Blick. Ein Brief? Von Vater?
Von Ihrer Mutter, korrigiert die Talkmasterin. Ein Brief von Ihrer Mutter an Sie. Das ist lange her. Da waren Sie gerade mit dem Militärdienst fertig. Und in diesem Brief geht es um Ihren Vater.

Der Mann kennt keinen Brief von Mutter, in dem Vater vorgekommen wäre. So einen Brief hätte er nicht vergessen. Den würde er bei sich tragen. Wenn es so einen Brief gegeben hätte, wäre er nie im Leben in diese Vater-Such-Show gekommen.
Der Mann möchte gehen, aber die Moderatorin tritt ihm in den Weg.
Soll ich vorlesen?
Kopfschütteln.

»Mein lieber Sohn … stell Dir vor, gestern hat mich Dein Vater angerufen … er wollte wissen, wie es Dir geht … ich erzählte von Deinen Erfolgen in der

Schule und dass Du soeben ein Studium begonnen hättest, in Wien.«

Jetzt will der Mann den Brief an sich reißen, aber die Talkmasterin verfügt über gute Reflexe. Vorlesen ist ihre Sache. Der Mann soll zuhören.

»… als ich ihn fragte, wie es mit den Alimenten ausschaue, sagte er, er werde weiter zahlen, wenn es zu Deinem Vorteil sei. Ich glaube, er ist stolz auf Dich. Du bist der Erste immerhin, der studiert. Mein lieber Sohn, Dein Vater würde gerne Kontakt mit Dir aufnehmen. Du sollst ihm schreiben, ein paar Zeilen nur, dann schreibt er zurück. Vielleicht könnt Ihr Euch sogar einmal treffen, wer weiß. Ich hab Dich so lange geschützt vor ihm, ich möchte es weiter tun. Es war zu Deinem Besten. Und jetzt kämpfe ich mit mir. Soll ich Dir den Brief überhaupt schicken? Es ging uns doch gut ohne Vater. Du hast ihn nicht vermisst. Du hast nie nach Deinem Vater gefragt.«

Jetzt werden die Publikumsreihen abgeschwenkt. Einer winkt in die Kamera, obwohl keiner in die Kamera winken soll, wie sie beim Warm-up gelernt haben. Einer blickt auf die Uhr. Es wird auch gegähnt. Das ist immer so gegen Ende der Aufzeichnungen. Die Regie blendet rasch auf die Moderatorin zurück.

»Es war eigenartig«, schreibt Ihre Mutter. »Nach so langer Zeit ruft er auf einmal an. Woher er unsere Nummer hatte? Soll ich Dir wirklich von all dem erzählen? Er lässt Dich grüßen, unbekannterweise. Ich musste direkt lachen, weil er sooooo traurig war.«

Der Mann ist zu Stein geworden. In Sekundenbruchteilen. Der kann keinen Schritt mehr gehen. Man wird ihn hinaustragen müssen nach der Sendung. Wie ein schweres Requisitenstück. Wie die Lautsprecherbox, aus der jetzt sein Schweigen dringt. Starre. Leichenstarre bei lebendigem Leibe. Das schaut komisch aus. Wie in diesen Hypnoseshows.

Ist aber keine Hypnoseshow. Ist eine Talkshow über Söhne, die ihre Väter suchen. Kichern im Publikum. Wenn man den Mann antippt, mit einer Kinderhand, fällt er um, garantiert. Aber er fällt nicht um. Wie ein Maschinenmensch, dessen Aktivierungsknopf man gedrückt hat, reißt er der Talkmasterin den Brief aus der Hand. Überfallsartig. Kleinere Schreie aus dem Publikum. Jetzt wird er zum Mörder. Jetzt rächt er seinen Vater, gnadenlos.
Die Kamera fährt blitzschnell auf ihn zu. Die Moderatorin hat die Flucht ergriffen. Alarmstufe. Sicherheitsbeamte gehen in Position.
Jetzt reißt der Mann die Augen auf und lässt Mutters Briefzeilen vor seinem Gesicht auf und ab tanzen, auf und ab, auf und ab. Irgendwas liegt in der Luft. Gleich wird die Security eingreifen. Bevor was Schreckliches passiert.
Ruhe vor dem Sturm. Totenstille. Was macht der Mann? Er zerfetzt das Blatt und stopft sich die Papierschnipsel in das Maul, alle gleichzeitig. Vater hat um einen Termin gebeten, damals, und Mutter hat

alles für sich behalten. Vater hat den Sohn gesucht. Nachweislich. Aber der Sohn hat nie davon erfahren. Mutter hat gelacht, weil Vater sooooo traurig war.
Der Sohn frisst den Brief der Mutter, in dem vom Vater die Rede ist, von Vaters Sehnsucht nach dem Sohn, das einzige Mal. Wie einer, der um ein Haar an Hunger krepiert wäre, frisst der Sohn den Brief, während sich sein Kopf, zum Amüsement der Zuschauer, rot und immer röter färbt.

Werbepause.

Unsere Häuser.

Das Geburtshaus
vor dem Vater auf und ab geht
Das Kirchenhaus
in das ich zu Fuß komme zur Taufe
Das Haus der Tante
in dem Vater den Estrich gelegt hat
Das Wirtshaus
in dem ein Bild von Vater hängt.

Das Krankenhaus
(erst die Beinamputation, dann der Tod)
Das Gefangenenhaus
(alles Lug und Trug)
Das Freudenhaus
(wir sind auch nur Männer)
Das Leichenschauhaus.

Seine Kartenhäuser
einsturzgefährdet
Meine Luftschlösser
ganz ohne Boden
Das Narrenhaus
das uns erspart geblieben ist
bis jetzt.

»Rest in Peace!«

Dort, wo ich wohne, haben sie mir jetzt lauter alte Leute vor die Nase gesetzt. Ich hab nichts gegen alte Leute – aber die von gegenüber sind mir auf einmal verdammt nahe gerückt. Wir leben gewissermaßen Auge in Auge. Sechs Meter Luftlinie, wenn's gut geht. Das heißt: Die alten Leute waren immer schon da. Von meinem Fenster aus schaue ich in die Fenster eines Seniorenheimes.

Aber in diesem Frühling hat man umgebaut. Ohne uns Anrainer zu informieren. Im gemeinsamen Garten sind über Nacht Baugerüste hoch gewachsen, ein paar klotzige Metallträger und: peng! – war da auch schon eine Sonnenterrasse. Die reckt sich jetzt vom Altenheim zu meinem Fenster herüber, fett und breit. Da werden die Pflegefälle rausgekarrt, die Schlaganfälle, die Amputationen. Zum Luftschnappen.

Jetzt sind sie wieder Luft schnappen, Vater! Ein Dutzend Greisinnen und Greise, in herbstfarbene Decken gehüllt. Ein paar sind aufmarschiert wie die Artisten vom »Zirkus Schnee« bei der Schlussparade, gebückt, gebeugt, langsamen Schrittes aus der Pflegestation durch die Terrassentüre hinaus, mitten in die Sonne.

Die anderen hat man auf fahrbaren Stühlen ins Freie gerollt. Sie sitzen unterm Sonnensegel, gedankenverloren. Hin und wieder lassen sie sich aus Schnabeltassen Kaffee und Tee einflößen.
Die Lebendigen unter ihnen vollziehen unter Anleitung einer blutjungen Greisengärtnerin gymnastische Etüden. Dabei schwenken sie ihre Arme Richtung Himmel und wieder zurück. Dazu skandiert man: »Hooooouuu« und »ccchhhhoppppp«.
Das ist rührend und irritierend zugleich. Ich schreibe an einer Geschichte über meinen toten Vater, und draußen, vor meinem Fenster, wirbeln wildfremde Alte Staub auf. Das bringt mich aus meinen Träumen. Ich bin dabei, mich für die feinstofflichen Botschaften zu öffnen, falls meinem Vater doch noch etwas einfiele, was »sehr Schönes, was ganz Herrliches«.
Und was machen die lieben Alten vor meinem Fenster? Fangen, von drüben herüber, auch noch zu singen an. Man gehorcht seiner Greisengärtnerin. Man singt Lieder von früher. »Im Märzen der Bauer die Rösslein einspannt«. Aber wir schreiben Mai. Und ich bin allergisch auf jede Art von falschem Gesang. Mutter war Akkordeon-Virtuosin, Vater war der Pfeiferkönig. Ich bin Musikkritiker gewesen, immerhin. Ruhe! Aber sie singen weiter.
Ich gehe in der Wohnung auf und ab, gereizt und neugierig zugleich. Ich will nichts von der Nachmittagsvorstellung von drüben herüber versäumen und

sehne mich doch nur nach einer stillen Begegnung mit meinem Vater. Ruhe! Weitermachen! Die Greisengärtnerin hat ein großes Buch aufgeschlagen. Aus so großen Büchern pflegen Nikoläuse oder halb blinde Schauspieler vorzulesen. Die Herrschaften lauschen pflichtbewusst.

Aha, ein Märchen. Auch gut. Irgendwie muss die Zeit ja totgeschlagen werden. Der grobe Nachmittagswind verbläst mir die Geschichte. Ich bekomme keine Handlung mit, nur hin und wieder ein Sätzchen: »... sagte die Prinzessin« ... oder »... da erschrak der furchtbare Räuber«.

Die Pflegerin muss ziemlichen Druck in ihre Stimme legen, das merkt man daran, dass sie bald schon nach jedem dritten Satz eine Hustenpause einlegt. Lauter! Das befehlen die, die noch zuhören. Andere sind eingeschlafen. Oder tot? Das kann ich von meiner Beobachterstation aus nicht genau erkennen. Ein alter Mann, graue Flanellhose, roter ärmelloser Pullover, will sich aus seinem Sonnenterrassenstuhl erheben, was ihm sichtlich Mühe bereitet.

»Nein, Herr Krämer«, sagt die Greisengärtnerin, den Märchenvortrag unterbrechend, »die Geschichte geht noch weiter!« Worauf sich Herr Krämer wieder in den Korbstuhl fallen lässt. Vielleicht hat sie auch Körner gesagt oder Köck, Kendelbacher, Kurz, Kohlberger ... der Wind verbläst die Silben. Das Märchen kommt wieder in Schwung. »... sagte die Prinzessin«, »... erschrak der furchtbare Räuber«.

Herr Krämer versucht sich aus dem Stuhl hochzustemmen.
»Nein, Herr Krämer, die Geschichte geht noch weiter!« Vielleicht muss er einfach aufs Klo. Oder er hat einer weit entfernten Liebe ein Telefonat um diese Tageszeit versprochen. Aber die Gärtnerin hat einen Auftrag: Keiner verlässt die Terrasse, weder tot noch lebendig. Das geht eine ganze Weile so dahin. Märchensatz, Ermahnungssatz, Märchensatz, Drohgebärde. »... sagte die Prinzessin.«
»Nein, Herr Krämer, die Geschichte geht noch weiter!«
Der braucht meine Hilfe, denke ich. Ob er nun Krämer heißt oder Armer Heinrich. Der will jetzt keine Märchen hören! »... sagte die Prinzessin«, liest die Pflegerin. Den muss ich befreien. Auf der Stelle.
Ich könnte hinüberrufen. Aber ich rufe nicht hinüber. Der Wind würde meine Worte verwehen. Also hole ich meine Lieblings-CD aus dem Arbeitszimmer und stopfe sie in den Player. Dann drehe ich auf, volle Lautstärke, und öffne das Fenster. In Krämers Namen. »Dead & Gone – die schönsten Totenlieder«, und die Nummer, die jetzt aus den Boxen dröhnt, heißt »Rest in Peace«. Es singen die »Beasts of Bourbon«, und genauso klingt es.
»Rrrrrressssssssst in peeeeeeeeeaaaaccccccceeee!«
»Pssssssssst!«, brüllt die Greisengärtnerin auf mein Fenster zu – ich bin hinter dem Vorhang in Deckung gegangen – und schwingt drohend das Märchen-

buch. Das geht mir beim einen Ohr rein und beim anderen raus. Ich hab Wichtigeres zu tun. Es geht um Krämer!

Jetzt kommt's: Der alte Krämer hat die Aufregung genutzt und sich klammheimlich aus dem Staub gemacht. Er ist davongehumpelt, unbehelligt, weiß der Teufel wohin.

Krämer ist frei. Und ich bin sein Retter.

Dein Sohn – dein Vater!

Die Szene hat sich beruhigt. Mein Plattenspieler schweigt. Die Geschichte auf der Sonnenterrasse geht weiter. »... sagte die Prinzessin...« / »erschrak der furchtbare Räuber« ... aber ohne Herrn Krämer oder Körner, dessen Abwesenheit niemandem auffällt. Nicht einmal der Märchenerzählerin.
Rest in peace, alter Mann. Close your eyes and rest in peace. Ich schlaf jetzt auch schon besser, dann und wann. Sogar die Träume sind erträglich geworden. Letzte Nacht hab ich von einer Fahrt im Autobus geträumt. Nicht einmal ein Fahrkartenkontrolleur ist zugestiegen. Ruhige Reise, keinerlei Vorkommnisse von Bedeutung.
Natürlich gibt es heftigere Geschichten. Sohn tötet Vater, unbekannterweise. Sohn schläft mit Mutter, unbekannterweise.

Ritter lässt seine junge Braut schweren Herzens in der heimatlichen Burg zurück, um mit den anderen Rittern Jerusalem, die Heilige Stadt, zu befreien. Als er zurückkehrt, unangemeldet, nach 18 Jahren Kampf und Entsagung, steht ein anderer mit des Ritters Braut auf den Zinnen. Die Frau aber ist immer noch schön; und der junge Mann: strahlend und stark. Da reißt der Heimkehrer, rasend vor Eifersucht, den Bogen von der Schulter und durchbohrt mit einem einzigen Pfeil den Jüngling und die Frau, die – als wären sie eins – zu Boden sinken und in derselben Stunde ihr Leben aushauchen.

»Dein ... Sohn« – die letzten Worte der Sterbenden.

»Dein ... Vater«. Der Vater hat also den eigenen Sohn getötet, unbekannterweise, als sich die beiden das erste und letzte Mal gegenüberstanden. Kein Zeichen, kein Hinweis. Nichts Feinstoffliches. Nur Eifersucht, Pfeilschuss, Tod.

Wenn er das Maul aufgemacht hätte. Wenn er das verfluchte Männermaul aufgemacht hätte! Wer ist der Mann? Der Mann ist dein Sohn.

Langsamer Abspann.

Mein Vater sieht meine Mutter, das erste Mal. Sie verlieben sich ineinander. Mutter lächelt, Vater lächelt zurück. Jetzt pfeift Vater eine unvergessliche Melodie. Das genügt. Mutter kann sich ein Leben an seiner Seite vorstellen. Sei vorsichtig, Mädchen! Aber jede Warnung geht unter in seinem unvergesslichen Gepfeife. Mutter kann sich ein Leben nicht an seiner Seite nicht mehr vorstellen. Er ist nicht gut für dich! Er pfeift so schön. Wer so schön pfeifen kann, hat gewonnen. Dem gehört Mutters Herz.

Mutter ist blutjung. Bildschön. Vater hat den Krieg ohne sichtbare Wunden überstanden. Jetzt ist er süchtig nach Liebe und Leben, wie Mutter, das Mädchen, süchtig ist nach Liebe und Leben.
Spazieren gehen am Mönchsberg, Boot fahren am Wallersee, sich gegenseitig fotografieren, Liebesbriefe schreiben, endlich keine Abschiedsbriefe mehr, auf dem Untersberg Almrausch suchen, sich vom Büro heimbegleiten lassen, den Circus Medrano besuchen, beim Haustor stehen, Scherzartikel kaufen für Silvester, nach dem Schwimmen in der Scheune tanzen, beim Volksfest mit der Raketenbahn fahren, zu zweit. Akkordeon spielen, so laut man kann. Die

Schlager der Saison pfeifen, bis einem schwindlig wird. »Musik hat mich verliebt gemacht« pfeifen, »Die Liebe auf den ersten Blick« spielen, »Ich hab' dich gesucht und gefunden« pfeifen, »So wird's nie wieder sein« spielen. Bis ins Abendrot hinein.

Langsamer Abspann.

Vorschau auf den nächsten Film. »Die Brüder«.
Es war einmal ein Mann, der hatte drei Söhne. Von drei verschiedenen Frauen. Die Brüder aber kannten sich nicht. Nur aus Nebensätzen. Es soll da einen Bruder geben.
Da beginnt einer von ihnen Staub aufzuwirbeln. Staub, der in den Augen brennt und Vergangenheit, Gegenwart und Zukunft beschmutzt. Keine Spuren, kein Fingerzeig, niemand kann sich erinnern. Lass die alten Geschichten! Aber er lässt die alten Geschichten nicht. Er macht sich auf die Suche nach seinen Brüdern. Jetzt kann ihn nur mehr der Tod stoppen.
Licht geht an. Jemand wischt sich eine Träne aus dem Auge.

Ende.